La Casa Nucingen

Por

Honoré de Balzac

Sabido es lo delgados que son los tabiques que separan los reservados en los más elegantes cafés de París. En Véry, por ejemplo, el salón de mayor tamaño lo divide en dos una mampara que se coloca y se retira a voluntad. No sucedió ahí la escena, sino en un sitio agradable que no me conviene nombrar. Éramos dos, y diré, en consecuencia, igual que el Prudhomme de Henri Monnier: «No querría comprometerla». Estábamos jugueteando con los manjares de una cena exquisita por más de un concepto, en un saloncito en donde hablábamos en voz baja, tras haber comprobado la poca consistencia del tabique. Habíamos llegado al asado sin que hubiera vecinos en el recinto contiguo, en donde sólo sonaba el chisporrotear del fuego. Dieron las ocho y oímos fuerte ruido de pisadas; se cruzaron frases, los mozos trajeron velas. Todo ello nos puso al tanto de que la sala estaba ocupada. Al reconocer las voces, supe con qué personajes nos las teníamos que haber.

Eran cuatro de los más atrevidos cormoranes nacidos en la espuma que corona las olas continuamente renovadas de la generación actual: agradables muchachos de existencia problemática, a quienes no se les conocen ni rentas ni posesiones y que viven bien. Estos ingeniosos condottieri de la Industria moderna, que se ha convertido en la más cruenta de las guerras, les dejan los desvelos a sus acreedores, se quedan con los goces y no tienen más preocupación que la indumentaria. Son, por lo demás, tan valientes que se fumarían, como Jean Bart, un puro subidos a una tonelada de pólvora, quizá para no faltar a su papel; más burlones que las gacetillas, tan burlones que se burlan de sí mismos; perspicaces e incrédulos, rebuscadores de negocios; ávidos y pródigos; envidiosos del prójimo, pero satisfechos de sí mismos; penetrantes políticos a salto de mata, que todo lo analizan y todo lo adivinan, y no han podido aún salir a flote en los ambientes en los que quieren destacar. Sólo uno de los cuatro había ido a más, pero únicamente había llegado al pie de la escala. Tener dinero es lo de menos, y un advenedizo no sabe cuánto camino le falta aún por recorrer sino tras seis meses de lisonjas. Poco hablador, frío, estirado, sin ingenio, ese advenedizo, llamado Andoche Finot, tuvo el arrojo de humillarse ante quienes podían serle útiles y la agudeza de mostrarse insolente con aquéllos a quienes no necesitaba ya. A semejanza de alguno de los personajes grotescos del ballet de Gustave, es marqués por detrás y villano por delante. Ese prelado de la industria mantiene a un caudatario, Émile Blondet, redactor de prensa, hombre ingeniosísimo, pero deshilvanado, brillante, capaz, perezoso, conocedor de que lo explotan y consentidor en ello, pérfido o bondadoso por capricho; uno de esos hombres que agradan, pero a los que no se estima. Sagaz como doncella de obra cómica, incapaz de negarle la pluma a quien se la pide ni el corazón a quien se lo pide prestado, Émile es el más atractivo de esos hombres-mujerzuelas de quienes dijo el más original de nuestra grey de ingeniosos: «Me gustan más con zapatos de satén que con botas». El tercero, de nombre Couture, se mantiene con la Especulación. Injerta un negocio en otro, el éxito de uno compensa el fracaso de otro. Y vive, por lo tanto, a flor de agua, lo sustenta la fuerza nerviosa de su juego, la forma seca y audaz de cortar la baraja. Bracea acá y acullá, buscando en el inmenso mar de los intereses parisinos un islote lo suficientemente discutible para poder darle acogida. No está, por descontado, donde le corresponde. En cuanto al último, el más malicioso de los cuatro, bastará con decir su nombre: Bixiou. No es ya, por desdicha, el Bixiou de 1825, sino el de 1836, el misántropo bufo a quien se le conoce más ingeniosa facundia y más mordacidad, un demonio enrabietado por haber despilfarrado tanto talento para nada, furibundo por no haberse hecho con su pecio durante la última revolución, que a todos y cada uno les da la patada que les corresponde como un auténtico Pierrot de Les Funambules, que se conoce de carrerilla su época y las aventuras escandalosas y las engalana con sus ocurrentes inventos, que brinca por encima de todos los hombros como un payaso mientras intenta dejarles marca, como un verdugo.

Tras haber satisfecho las primeras exigencias de la gula, nuestros vecinos llegaron al punto de la cena en que nosotros estábamos: los postres; y, gracias a nuestra queda compostura, se creyeron a solas. Entre el humo de los puros, con ayuda del vino de Champaña, mediante las fruslerías gastronómicas del postre, se entabló, pues, una íntima charla. Marcada con ese ingenio gélido que endurece los sentimientos más elásticos, frena las inspiraciones más generosas y presta a la risa un toque chillón, aquella plática, rebosante de esa agria ironía que convierte el regocijo en sarcasmo, mostró el decaimiento de almas sin más recursos que los propios, sin más meta que satisfacer el egoísmo fruto de la paz en que vivimos. Únicamente aquel panfleto contra el hombre que Diderot no se atrevió a publicar, El sobrino de Rameau, aquel libro que no es desaseado sino para dejar algunas llagas al aire, puede compararse con este otro panfleto expuesto sin segunda intención alguna, donde ni la palabra respetó lo que el pensador aún debate, donde sólo edificaron con ruinas, donde negaron todo, donde nada más admiraron lo que el escepticismo prohíja: la omnipotencia, la omnisciencia, la omniconveniencia del dinero. Tras haber dirigido el fuego graneado contra el círculo de los conocidos, la maledicencia comenzó a fusilar a los amigos íntimos. Me bastó con una seña para manifestar el deseo de quedarme y atender cuando Bixiou tomó la palabra como veremos a continuación. Oímos entonces una de esas terribles improvisaciones a las que ese artista debe la reputación que tiene ante unas cuantas cabezas de vuelta de todo; y, por más que interrumpida con frecuencia, reanudada y vuelta a reanudar, mi memoria la tomó en taquigrafía. Ni opiniones ni forma, nada encaja en las condiciones literarias. Pero es que así fue: un batiburrillo de cosas nefastas que describen nuestra época, a la que sólo se le deberían contar, por cierto, historias de éstas, cuya responsabilidad dejo por lo demás a su principal narrador. La pantomima, los ademanes relacionados con los frecuentes cambios de voz a los que recurría Bixiou para retratar a los interlocutores que salían a colación debían de ser perfectos, pues sus tres oyentes lanzaban exclamaciones de aprobación e interjecciones regocijadas.

—¿Y Rastignac te dijo que no? —preguntó Blondet a Finot.

—Categóricamente.

—Pero ¿lo amenazaste con la prensa? —dijo Bixiou.

—Se echó a reír —contestó Finot.

—Rastignac es el heredero directo del difunto De Marsay; irá lejos tanto en política como en sociedad —dijo Blondet.

—Pero ¿cómo hizo dinero? —preguntó Couture—. Estaba, en 1819, con el ilustre Bianchon, en una pensión mísera del Barrio Latino. Su familia comía abejorros tostados y bebía vino de pasto para poder mandarle cien francos al mes; las propiedades de su padre no valían mil escudos; tenía a su cargo a dos hermanas y un hermano, y ahora…

—Ahora tiene una renta de cuarenta mil libras —siguió diciendo Finot—. Dotó espléndidamente a las hermanas, que se han casado muy bien, y le ha dejado a su madre el usufructo de las propiedades…

—En 1827 —dijo Blondet— todavía lo vi sin una perra.

—Eso fue en 1827 —dijo Bixiou.

—Bueno —añadió Finot—. ¡Pues ahora lo vemos en trance de convertirse en ministro, en par de Francia y en todo lo que quiera ser! Hace tres años que terminó con Delphine como Dios manda y no se casará como no sea sobre seguro. ¡Él sí que puede aspirar a una joven de la nobleza! El buen mozo tuvo el sabio criterio de arrimarse a una mujer rica.

—Amigos míos, tenedle en cuenta las circunstancias atenuantes —dijo Blondet—. Cayó en las manos de un hombre hábil al salir de las garras de la miseria.

—Conoces bien a Nucingen —dijo Bixiou—; en los primeros tiempos, a Delphine y a Rastignac les parecía bueno; era como si para él una mujer en su casa fuera un juguete, un adorno. Y esto es lo que, en mi opinión, hace a este hombre tan directo: Nucingen no se recata en decir que su mujer es el símbolo de su fortuna, algo indispensable, pero secundario en la vida a alta presión de los políticos y los grandes financieros. Dijo, delante de mí, que Bonaparte había sido más necio que un burgués en sus primeras relaciones con Josefina y que, después de haber tenido el coraje de usarla de estribo, cayó en el ridículo de querer convertirla en compañera.

—Todo hombre superior está en la obligación de tener opiniones orientales acerca de las mujeres —dijo Blondet.

—El barón ha amalgamado las doctrinas de Oriente y las de Occidente en una deliciosa teoría parisina. De Marsay lo horrorizaba, porque no se dejaba manejar, pero Rastignac le agradó mucho y le sacó el jugo sin que lo notara: le largó todas las cargas de su vida doméstica. Rastignac se echó a cuestas todos los caprichos de Delphine, la llevaba al Bosque de Boulogne, la acompañaba a los espectáculos. Ese gran politiquillo se ha pasado la vida durante mucho tiempo leyendo y escribiendo notitas primorosas. Al principio, Eugène tenía que aguantar riñas por naderías, se alegraba con Delphine cuando ella estaba alegre, se entristecía cuando ella estaba triste, aguantaba la carga de sus jaquecas y de sus confidencias, le entregaba todo su tiempo, todas sus horas, su preciosa juventud para colmar el vacío de la ociosidad de esa parisina. Delphine y él celebraban serios conciliábulos para decidir cuáles eran los atuendos más indicados; Rastignac padecía el fuego de los enfados y los disparos de las burlas mientras ella, por la ley de la compensación, se mostraba encantadora con el barón. El barón se reía para su capote; luego, cuando veía a Rastignac a punto de desplomarse bajo el peso de esas cargas, hacía como si sospechase algo y unía a los dos amantes en un temor compartido.

—Puedo concebir que una mujer rica le haya solucionado la vida a Rastignac, y se la haya solucionado bien; pero ¿de dónde sacó su fortuna personal? —preguntó Couture—. Una fortuna tan considerable como la que tiene hoy en día debe haber salido de alguna parte. Y nadie lo ha acusado nunca de que se le hubiera ocurrido un buen negocio.

—Heredó —dijo Finot.

—¿De quién? —dijo Blondet.

—De los tontos con los que se fue encontrando —añadió Couture.

—No se ha quedado con todo, hermosos míos —dijo Bixiou—:

… Reponeos de un espanto tan grave.

Vivimos unos tiempos muy amigos del fraude.

»Voy a contaros los orígenes de su fortuna. ¡Para empezar, el hombre tiene talento! Nuestro amigo no es un buen mozo, como dice Finot, sino un gentleman que conoce el juego, que conoce las cartas y a quien respeta la galería. Rastignac tiene cuanto ingenio es preciso en un momento dado, igual que un militar que no invirtiera su valor sino a ochenta días, con tres firmas y garantías. Parecerá cortante, cabezota, sin continuidad en las ideas, pero si surge un negocio serio, un apaño del que merezca la pena estar pendiente, no se desperdigará, como haría Blondet aquí presente y que disputa, entonces, por cuenta del vecino; Rastignac se ensimisma, se agazapa, estudia el lugar contra el que hay que arremeter, y se lanza a paso de carga. Con el valor de Murat, deshace los cuadros de infantería, a los accionistas, a los fundadores y todo el tinglado: cuando la carga ha hecho mella, regresa a su vida muelle y despreocupada, vuelve a ser el meridional, el voluptuoso, el que dice futilezas, el ocioso Rastignac, que se levanta a las doce de la mañana porque no se acostó en todo el tiempo que duró la crisis.

—Todo eso está muy bien; pero a ver si llegas a lo de la fortuna —dijo Finot.

—Bixiou no dará más que una carga —añadió Blondet—. La fortuna de Rastignac es Delphine de Nucingen, una mujer notable en la que se suman la audacia y la previsión.

—¿Es que te ha prestado dinero? —preguntó Bixiou.

Estalló una carcajada general.

—Tenéis todos una opinión equivocada de ella —le dijo Couture a Blondet —; su talento consiste en decir cosas más o menos picantes, en querer a Rastignac con una fidelidad molesta y en obedecerlo ciegamente; toda una italiana.

—Si dejamos aparte el tema del dinero —dijo con acritud Andoche Finot.

—Vamos, vamos —siguió diciendo Bixiou con voz melosa—, después de lo que acabamos de comentar, ¿se atreverá alguien a reprocharle al pobre Rastignac que haya vivido a costa de la Casa Nucingen, de que le pusieran piso ni más ni menos igual que hizo tiempo ha nuestro amigo Des Lupeaulx con la Torpedo? Sería caer en la vulgaridad de la calle de Saint-Denis. Para empezar, y hablando en abstracto, como dice Royer-Collard, la cuestión puede soportar airosa la crítica de la razón pura; y en cuanto a la crítica de la razón impura...

—Ya está lanzado —le dijo Finot a Blondet.

—Pero si es que está en lo cierto —exclamó Blondet—. Es un tema muy antiguo; fue la bien conocida clave del famoso duelo a muerte entre La Châteigneraie y Jarnac. A Jarnac lo acusaban de hallarse en excelentes relaciones con su suegra, que contribuía al boato de aquel yerno querido en exceso. Cuando algo es tan cierto, no debe decirse. Por abnegación para con el rey Enrique II, que se había permitido esa maledicencia, La Châteigneraie la dio como propia; y de ahí vino aquel duelo que aportó a la lengua francesa la expresión «estocada de Jarnac» para un ataque imprevisto.

—¡Ah! ¿El dicho viene de tan antiguo? Entonces es noble —dijo Finot.

—Podías no saberlo siendo como eres ex propietario de diarios y revistas —dijo Blondet.

—Hay mujeres —siguió diciendo Bixiou muy serio—, y hay también hombres que puede dividir la existencia y no entregar sino parte de ella, ¡fijaos en que os fraseo esta opinión ateniéndome al enunciado humanitario! Para esas personas, cualquier interés material queda al margen de los sentimientos; entregan la vida, el tiempo y el honor a una mujer y les parece que no está bien el mutuo despilfarro de ese papel de seda en que va escrito: «La ley castigará al falsificador con la pena de muerte». A la recíproca, esas personas no le aceptan nada a una mujer. Sí, todo se convierte en deshonroso si además de unirse las almas se unen los intereses. Es una doctrina que se profesa y pocas veces se aplica...

—¡Bah! —dijo Blondet—. ¡Qué nonadas! El mariscal de Richelieu, hombre galante si los hubo, le concedió una pensión de mil luises a la señora de La Popelinière tras la aventura de la placa de la chimenea. Agnès Sorel, ingenuamente, le brindó al rey Carlos VII toda su fortuna y el rey la aceptó. Jacques Cœur mantuvo a la corona de Francia, que se lo consintió y fue ingrata como una mujer.

—Señores —dijo Bixiou—, el amor que no implica, además, una amistad indisoluble me parece un libertinaje pasajero. ¿Cómo puede concebirse una completa entrega en la que nos reservemos algo? Entre esas dos doctrinas, tan opuestas y tan hondamente inmorales ambas, no existe conciliación posible. En mi opinión, la gente que le tiene miedo a una relación total cree seguramente que puede tener final. ¡Y adiós ilusión! La pasión que no se toma por eterna es repulsiva. ¡Esto que digo es Fénelon en estado puro! Por eso, los que conocen el mundo, los observadores, la gente como es debido, los hombres de guantes y corbata correctos, que no se sonrojan si casan con una mujer por su fortuna, declaran que es indispensable separar por completo los intereses de los sentimientos. ¡Los demás son unos locos que se enamoran y se creen solos en el mundo con la mujer amada! Para ellos, los millones son como el barro. ¡El guante, la camelia que lleva su ídolo valen millones! ¡Nunca encontrará nadie en sus casas el vil metal disoluto, pero sí restos de flores ocultos en lindas cajas de cedro! Ya no diferencian una cosa de otra. Para ellos ya no existe el yo. TÚ, ésa es la encarnación de su Verbo. ¿Qué se le va a hacer? ¿Puede acaso impedirse esa enfermedad secreta del corazón? Hay seres cándidos que aman sin cálculo alguno; y hay seres sensatos que calculan mientras aman.

—Bixiou me parece sublime —exclamó Blondet—. ¿Qué dice Finot?

—En cualquier otro lugar —contestó Finot, engallándose dentro de la corbata—, diría lo que dicen los gentlemen; pero aquí opino…

—Lo mismo que los deleznables individuos de mala vida con los que tienes el honor de codearte —intervino Bixiou.

—Pues la verdad es que sí —dijo Finot.

—¿Y tú? —le preguntó Bixiou a Couture.

—Bobadas —exclamó Couture—. Una mujer que no convierte el cuerpo en estribo para que el hombre al que prefiere alcance su meta es una mujer que sólo tiene corazón para sí misma.

—¿Y tú, Blondet?

—Yo ando de prácticas.

—Muy bien —siguió diciendo Bixiou, con su tono de voz más mordaz—, pues Rastignac no estaba de acuerdo con vosotros. Tomar y no devolver es algo horrible e incluso un tanto disoluto: pero tomar para tener el derecho de imitar al señor devolviendo por centuplicado es acción caballeresca. Así es como pensaba Rastignac. A Rastignac lo humillaba profundamente su comunidad de intereses con Delphine de Nucingen; puedo hacer mención de su disgusto, lo vi lamentarse de la situación en que se hallaba con lágrimas en los ojos. ¡Sí! Lo hacía llorar de verdad… cuando ya había cenado. Bueno, pues según vosotros…

—¿Nos estás tomando el pelo? —dijo Finot.

—Ni mucho menos. Estoy hablando de Rastignac, cuyo dolor sería, según vosotros, prueba de su corrupción, pues por entonces quería a Delphine mucho menos. Pero ¿qué queréis? El pobre muchacho llevaba esa espina clavada en el corazón. Es un gentilhombre depravadísimo, ya veis, y nosotros somos virtuosos artistas. ¡Así que Rastignac quería hacer rica a Delphine, siendo él pobre y ella rica! ¿Os dais cuenta?… Y lo consiguió. Rastignac, que se habría batido en duelo lo mismo que Jarnac, se pasó a partir de entonces al punto de vista de Enrique II, en virtud de su frase suprema: «No existe virtud absoluta, sólo existen circunstancias». Y esto tiene que ver con la historia de su fortuna.

—Deberías empezar con tu cuento en vez de inducirnos a calumniarnos a nosotros mismos —dijo Blondet con encantadora afabilidad.

—¡Ajajá, jovencito! —le dijo Bixiou bautizándolo con una palmadita en el cogote—. Buscas la compensación en el vino de Champaña.

—Venga, por el santo nombre del Accionista —dijo Couture—. ¿Nos cuentas la historia?

—Llevaba ya un tramo —respondió Bixiou—, pero con esa blasfemia me pones en el desenlace.

—¿Es que hay accionistas en la historia? —preguntó Finot.

—Riquísimos, como los tuyos —contestó Bixiou.

—Me parece —dijo Finot con tono envarado— que deberías tenerle consideraciones a un muchacho que es un buenazo y en quien encuentras, llegado el caso, un billete de quinientos...

—¡Camarero! —voceó Bixiou.

—¿Qué le quieres pedir al camarero? —le dijo Blondet.

—Quinientos francos, para devolvérselos a Finot y poder desempeñarme la lengua y hacer pedacitos el agradecimiento.

—Cuenta la historia —volvió a la carga Finot, haciendo como que se reía.

—¡Me sois testigos —dijo Bixiou— de que no le pertenezco a este impertinente que se cree que mi silencio sólo vale quinientos francos! Nunca serás ministro si no sabes valorar las conciencias. Pues sí —añadió con voz mimosa—, mi buen Finot, contaré la historia sin nombrar a personalidades y estaremos en paz.

—Va a demostrarnos —dijo Couture, sonriendo— que Nucingen hizo la fortuna de Rastignac.

—No yerras tanto como piensas —siguió diciendo Bixiou—. No sabéis lo que es Nucingen desde el punto de vista financiero.

—¿No sabes ni siquiera algún detalle de cómo empezó? —dijo Blondet.

—Sólo lo he visto en su casa —dijo Bixiou—, pero podríamos habernos visto antaño en el camino real.

—La prosperidad de la Casa Nucingen es uno de los fenómenos más extraordinarios de nuestros tiempos —añadió Blondet—. En 1804, Nucingen era poco conocido; los banqueros de entonces se habrían estremecido al ver en la plaza cien mil escudos en letras suyas. Ese gran financiero se percata entonces de su inferioridad. ¿Cómo darse a conocer? Suspende pagos. ¡Bueno! Su nombre, circunscrito a Estrasburgo y al barrio de Poissonnière, suena en todas las plazas. Paga a la gente con valores muertos y reanuda pagos; acto seguido, aceptan el papel que él emite en toda Francia. Por una circunstancia inaudita, los valores reviven, vuelven a gozar de favor, producen dividendos. El tal Nucingen es persona muy solicitada. Llega el año 1815; mi buen muchacho reúne sus capitales, compra fondos antes de la batalla de Waterloo, suspende pagos al llegar la crisis, liquida con acciones de las minas Wortschin, que había conseguido al veinte por ciento menos del valor al que las emitía él. ¡Sí, caballeros! Le coge a Grandet ciento cincuenta mil botellas de vino de Champaña para cubrirse, previendo la quiebra de aquel virtuoso padre del actual conde de Aubrion; y otro tanto a Duberghe en vinos de Burdeos. Esas trescientas mil botellas aceptadas, aceptadas, amigo mío, a un franco y medio, se las sirve a seis francos a los Aliados, en el Palais-Royal, entre 1817 y 1819. El papel que emite la Casa Nucingen y su nombre se vuelven europeos. El ilustre barón se alzó sobre el abismo en que otros habrían naufragado. Por dos veces, su liquidación dio gigantesco provecho a sus acreedores: quiso embaucarlos. ¡Imposible! Pasa por ser el hombre más honrado del mundo. En la próxima suspensión, el papel de la Casa Nucingen lo aceptarán en Asia, en México, en Australasia, entre los salvajes. Ouvrard fue el único en tener calado a este alsaciano, hijo de algún judío convertido por ambición: «¡Cuando Nucingen suelta el oro que tiene —decía—, pueden estar seguros de que está agarrando diamantes!».

—Su compadre Du Tillet es digno de él —dijo Finot—. Fijaos en que Du Tillet es un hombre que, por su cuna, no tenía más que lo que nos resulta indispensable para subsistir, y que el individuo, que no tenía ni una perra en 1814, ha llegado a ser lo que ahora veis; pero hizo lo que ninguno de nosotros (no me refiero a ti, Couture) ha sabido hacer: tuvo amigos en vez de tener enemigos. Y, por fin, ocultó tan bien sus antecedentes que hubo que registrar las alcantarillas para localizarlo como encargado del comercio de un perfumista de la calle de Saint-Honoré en 1814, sin ir más lejos.

—¡Bah, bah, bah! —siguió diciendo Bixiou—. No comparéis nunca con Nucingen a un estafador de poca monta como Du Tillet, un chacal que sale adelante por el olfato, que intuye los cadáveres, y llega antes que nadie para llevarse el mejor hueso. Además, mirad a esos dos hombres: uno de ellos tiene la facha afilada de los gatos, es flaco y espigado; el otro es cuadrado, es gordo, es pesado como un saco, inamovible como un diplomático. Nucingen es de manos grandes y tiene mirada de lince, que nunca es vivaracha; no tiene recámara hacia delante, sino hacia atrás: es impenetrable, nunca se lo ve venir, mientras que la maña de Du Tillet parece, como decía Napoleón de no sé quién, algodón hilado demasiado fino: se rompe.

—No le veo a Nucingen más ventaja sobre Du Tillet que el sentido común de intuir que un financiero sólo debe ser barón, mientras que Du Tillet quiere que lo hagan conde en Italia —dijo Blondet.

—¿Blondet?... Sólo una palabra, hijito —prosiguió Couture—. Para empezar, Nucingen se atrevió a decir que sólo existen apariencias de hombres honrados; además, para conocerlo bien, hay que estar metido en negocios. En su caso, el banco es un departamento muy modesto: está la intendencia del gobierno, los vinos, las lanas, los añiles, en fin todo lo que pueda dar pie a cualquier ganancia. Su talento lo abarca todo. Ese elefante de las finanzas le vendería diputados al Ministerio; y les vendería los griegos a los turcos. Para él, el comercio es, como diría Cousin, la totalidad de las variedades, la unidad de las especialidades. La Banca, desde ese punto de vista, se convierte en política con todas las de la ley, requiere una cabeza potente y conduce a un hombre templado, en ese caso, a colocarse por encima de las pautas de la probidad, que le vienen estrechas.

—Tienes razón, chico —dijo Blondet—. Pero sólo nosotros entendemos que eso es la guerra trasladada al mundo del dinero. El banquero es un conquistador que sacrifica a las masas para alcanzar resultados ocultos; sus soldados son los intereses de los particulares. Tiene que organizar estratagemas, que tender emboscadas, que poner en marcha a sus partidarios, que tomar ciudades. La mayoría de esos hombres lindan tanto con la política que acaban por meterse en ella, y sus fortunas perecen en el empeño. Así se perdió la Casa Necker; el famoso Samuel Bernard casi se arruina. En cada siglo, aparece un banquero de fortuna colosal que no deja ni fortuna ni sucesor. Los hermanos Pâris, que contribuyeron a la caída de Law, y el propio Law, en comparación con el cual todos cuantos idean sociedades por acciones son unos pigmeos, Bouret, Baujon, todos desaparecieron sin que los representase una familia. Al igual que el Tiempo, la Banca devora a sus hijos. Para poder perpetuarse, el banquero tiene que llegar a noble, y fundar una dinastía, lo mismo que los prestamistas de Carlos V, los Fugger, a los que hicieron príncipes de Babenhausen, y ahí están todavía… en el Almanaque Gotha. La Banca busca el ennoblecimiento por instinto de conservación, y quizá sin saberlo. Jacques Cœur fundó una gran casa noble, la de Noirmoutier, que se extinguió durante el reinado de Luis XIII. ¡Qué energía la de aquel hombre, que se arruinó por haber hecho un rey legítimo! Murió siendo príncipe de una isla del Archipiélago, en la que mandó construir una espléndida catedral.

—¡Vaya! Si os metéis en clases de Historia, nos salimos de la actualidad, en que el trono ha perdido la facultad de conceder títulos de nobleza y se fabrican barones y condes a la chita callando. ¡Qué lamentable! —dijo Finot.

—Echas de menos la jaboneta de lavar villanos —dijo Bixiou—. ¡Cuánta razón tienes! Volvamos a lo nuestro. ¿Sabéis quién es Beaudenord? No, no, no. Bien. ¡Fijaos en cómo todo pasa! El pobre chico fue la flor y nata de los dandis hace diez años. Pero lo eliminaron tan bien que ya no sabéis quién es, como tampoco sabía Finot hace un rato el origen de la estocada de Jarnac (¡me refiero a la frase, Finot, no pretendo hacerte rabiar!). En realidad pertenecía al Faubourg Saint-Germain. Bueno, pues Beaudenord es el primer infeliz que os voy a poner en escena. Para empezar, se llamaba Godefroid de Beaudenord. Ni Finot, ni Blondet, ni Couture ni yo haremos de menos tamaña ventaja. El amor propio del mozo no padecía cuando oía que lo llamaba la gente a la salida de un baile, mientras treinta mujeres bonitas, encapuchadas y rodeadas de sus maridos y adoradores, esperaban sus coches. Además disfrutaba de cuantos miembros Dios le otorgó al hombre; sano y completo, sin nube en ojo alguno, sin tupé postizo, sin relleno en las pantorrillas; no se le metían las piernas hacia dentro, ni se le volvían hacia fuera; rodillas sin hinchazones, espinazo recto, talle esbelto, mano blanca y bonita, pelo negro; cutis ni sonrosado como el de un dependiente de ultramarinos, ni demasiado oscuro, como el de un calabrés. Y, por fin, cosa esencial, Beaudenord no era demasiado guapo, como lo son esos amigos nuestros que parecen andar exhibiendo su hermosura y no tener nada más; pero no volvamos a tocar ese tema, ya lo hemos dicho, no es de recibo. Disparaba bien con pistola, montaba con mucha gracia a caballo; se había batido en duelo por una fruslería y no había matado al adversario. ¿Os dais cuenta de que para explicar de qué se compone una dicha completa, pura, sin mezcla alguna, en el siglo diecinueve y en París, y la dicha de un joven de veintiséis años, hay que entrar en las cosas infinitamente pequeñas de la vida? El zapatero le tenía cogido el aire al pie de Beaudenord y lo calzaba bien, a su sastre le gustaba vestirlo. Godefroid no marcaba demasiado las erres, no tenía vicios de habla ni gascones ni normandos, hablaba con pureza y corrección, y se ponía muy bien la corbata, igual que Finot. Primo político del marqués de Aiglemont, su tutor (Beaudenord era huérfano de padre y madre, ¡otra ventura!), podía frecuentar y frecuentaba a los banqueros, sin que el Faubourg Saint-Germain le reprochase que los frecuentaba demasiado, pues afortunadamente un joven tiene derecho a hacer del placer su única ley, de ir volando a donde la gente se divierte, y de huir de los rincones oscuros en donde florece la pena. Y, por fin, estaba vacunado (ya me entiendes, Blondet). Pese a tantos méritos, podría haberse considerado muy desdichado. ¡Pues sí señor! La dicha tiene la desdicha de que parece que significa algo absoluto; apariencia que mueve a tantos sandios a preguntar: «¿Qué es la dicha?». Y hubo una mujer de gran ingenio que decía: «La dicha está en donde la ponemos».

—Proclamaba una triste verdad —dijo Blondet.

—Y muy moral —añadió Finot.

—¡Archimoral! LA DICHA, igual que LA VIRTUD y EL MAL, es expresión de algo relativo —contestó Blondet—. Por eso tenía La Fontaine la esperanza de que, con el correr del tiempo, los condenados se acostumbrasen a su posición y acabasen por encontrarse en el infierno como pez en el agua.

—¡Los tenderos de ultramarinos se saben todos los dichos de La Fontaine! —dijo Bixiou.

—La felicidad de un hombre de veintiséis años que vive en París no es la de un hombre de veintiséis años que vive en Blois —dijo Blondet, sin oír la interrupción—. Los que se basan en eso para renegar contra la inconstancia de las opiniones son o unos falsos o unos ignorantes. La medicina moderna, cuyo mayor blasón es haber pasado, entre 1799 y 1837, del estado de conjetura al de ciencia positiva, y ello por la influencia de la gran Escuela Analista de París, tiene demostrado que, en cierta época, el hombre se renovó de arriba abajo...

—Igual que el cuchillo de Jeannot, que le duraba mucho porque le había cambiado tres veces la hoja y dos el mango —siguió diciendo Bixiou— y vosotros seguís creyendo que es el mismo. Así que hay más de un rombo en ese traje de Arlequín al que llamamos dicha. Bueno, pues el traje de mi Godefroid no tenía ni rotos ni manchas. Un joven de veintiséis años que fuese afortunado en amores, es decir, amado, no por su rozagante juventud, no por su ingenio, no por su porte, sino irresistiblemente, ni siquiera debido al amor en sí, e incluso aunque ese amor fuera abstracto, por volver a citar la expresión de Royer-Collard, dicho joven podría muy bien no tener ni un cuarto en esa bolsa que le había bordado el ser amado, podría deberle la renta al casero, las botas al ya aludido zapatero, la ropa al sastre, que acabaría, como Francia, por perder el apego. ¡En pocas palabras, podría ser pobre! La miseria le amarga la dicha al joven que no tiene nuestras trascendentales opiniones acerca de la fusión de los intereses. No sé de nada más cansado que ser muy dichoso moralmente y muy desdichado materialmente. ¿No es acaso algo así como que se le quede a uno helada una pierna, igual que me la está dejando a mí la corriente que se cuela por la puerta, y tener la otra asándose con las brasas del fuego? Espero que se me esté entendiendo bien. ¿Tienes eco en el bolsillo del chaleco, Blondet? Entre nosotros, dejemos de lado el corazón porque perjudica el ingenio. ¡Sigamos! A Godefroid de Beaudenord lo estimaban, pues, sus proveedores, porque esos proveedores veían con bastante regularidad de qué color era su dinero. Esa mujer de grandísimo ingenio a la que ya hemos aludido y cuyo nombre no puede decirse porque, gracias a tener tan poco corazón, está viva...

—¿De quién se trata?

—¡De la marquesa de Espard! Decía que un joven debía vivir en un entresuelo; no tener nada con tufo casero en su domicilio, ni cocinera ni cocina; tener un criado viejo para servirlo y no mostrar pretensión alguna a la estabilidad. Según ella, cualquier otro acondicionamiento doméstico es de mal gusto. Godefroid de Beaudenord, fiel a ese programa, vivía en el Quai Malaquais en un entresuelo; no obstante no le había quedado más remedio que asemejarse un tanto a los casados al poner en su cuarto una cama, tan estrecha por lo demás que no le tenía demasiado apego. Una inglesa que hubiera entrado en esa casa por pura casualidad no habría podido encontrar en ella nada improper. ¡Finot, búscate a alguien que te explique la importante ley del improper que rige Inglaterra! Pero, ya que nos une un billete de mil, voy a darte una idea del asunto. ¡Yo soy de los que han ido a Inglaterra! —Por lo bajo, al oído de Blondet—: Le estoy regalando ingenio por valor de más de dos mil francos. En Inglaterra, Finot, entablas relaciones de lo más estrecho con una mujer durante la noche, en el baile o en otro sitio; te la encuentras al día siguiente por la calle y pones cara de reconocerla: improper! Te encuentras durante una cena, bajo el frac del comensal de la izquierda, a un hombre encantador, ingenioso, ni pizca de arrogante, desenvuelto; no parece inglés en absoluto; según las leyes de esa antigua vecindad francesa tan grata, tan amable, le diriges la palabra: improper! Te acercas a una mujer bonita durante un baile para invitarla a bailar: improper! Te acaloras, discutes, te ríes, pones en la charla el corazón, el alma, el ingenio; la llenas de sentimientos; juegas en la mesa de juego, conversas al conversar y comes al comer: improper! improper! improper! Uno de los hombres más sutiles y profundos de esta época, Stendhal, definió muy bien lo improper al decir que lores tiene la Gran Bretaña que no se atreven a cruzar las piernas delante de sus chimeneas, aunque estén solos, por temor a resultar improper. Una dama inglesa, por más que sea de la furibunda secta de los santos (protestantes reforzados que dejarían morir a toda su familia de hambre en el caso de que su familia fuera improper), no será improper sacando los pies del tiesto en su dormitorio, pero se considerará una perdida si recibe a un amigo en ese mismo dormitorio. Merced a lo improper, algún día nos encontraremos con que Londres y sus vecinos están petrificados.

—Cuando se piensa que hay en Francia pazguatos que quieren importar las rematadas necedades que hacen los ingleses en su tierra con esa estupenda sangre fría que todos sabemos —dijo Blondet—, es como para que le entren escalofríos a cualquiera que haya visto Inglaterra y recuerde los amables y encantadores hábitos franceses. En sus últimos tiempos, Walter Scott, que no se atrevió a pintar a las mujeres tales y como son por temor a resultar improper, se arrepentía de haber creado el espléndido personaje de Effie en la cárcel de Edimburgo.

—¿Quieres no resultar improper en Inglaterra? —le dijo Bixiou a Finot.

—¿Qué propones?

—Vete a las Tullerías a ver algo así como un bombero de mármol al que el escultor llamó Temístocles e intenta caminar como la estatua del comendador y nunca resultarás improper. Fue aplicar rigurosamente la importante ley de lo improper lo que dio dicha total a Godefroid. Ésta es la historia. Tenía un tigre, que no un groom como escribe alguna gente que no sabe nada de la buena sociedad. Su tigre era un muchachito irlandés llamado Paddy, Joby, Toby (¡a gusto de cada cual!), de tres pies de alto y veinte pulgadas de ancho, cara de comadreja, nervios de acero hechos a la ginebra, ágil como una ardilla, que conducía un landó con una maña que nunca le falló ni en Londres ni en París, y tenía vista de lagarto, penetrante como la mía; montaba a caballo como Franconi padre, y era rubio como una virgen de Rubens, con mejillas sonrosadas, solapado como un príncipe, leído como un abogado jubilado y de diez años de edad; en resumen una auténtica flor de perversidad, jugador y blasfemo, aficionado a las mermeladas y al ponche, insultador como un folletín, atrevido y hurtador como un golfillo de París. Era blasón y provecho de un famoso lord inglés a quien había hecho ya ganar setecientos mil francos en las carreras. El lord quería mucho a aquel muchachito: su tigre era una curiosidad, nadie en Londres tenía un tigre tan niño. Subido a un caballo de carreras, Joby parecía un halcón. Pues hete aquí que el lord despidió a Toby, no por glotonería, ni por robo, ni por asesinato, ni por mal comportamiento, ni por insolentarse con milady, no por haberle agujereado los bolsillos a la primera doncella de milady, no por haberse dejado corromper en las carreras por los adversarios de milord, ni por haber holgado los domingos, en pocas palabras por nada censurable. Y aunque Toby hubiera hecho todo lo anterior, se lo habría contado a milord sin que éste le preguntara nada y milord le habría perdonado una vez más la fechoría doméstica. Milord le habría consentido muchas cosas a Toby, pues le tenía gran apego. Su tigre conducía un carruaje de dos ruedas y dos caballos enganchados en fila montado en el caballo de detrás sin que le colgasen las piernas más abajo de las varas y con una de esas caras que les ponen los pintores italianos a los ángeles con que salpican las inmediaciones del Padre Eterno. Un periodista inglés describió deliciosamente a aquel angelote, le pareció demasiado agraciado para ser tigre y se ofreció a apostar a que Paddy era una tigresa amaestrada. La descripción amenazaba con envenenarse y convertirse en improper en grado máximo. Lo improper en superlativo conduce a la horca. Milady le alabó mucho a milord tan notable circunspección. Toby no pudo ya colocarse en parte alguna tras haber visto cómo ponían en duda su estado civil dentro de la zoología británica. En aquella época, Godefroid prosperaba en la embajada de Francia en Londres, en donde se enteró de la aventura de Toby, Joby, Paddy. Godefroid se adueñó del tigre, a quien encontró llorando junto a un tarro de mermelada, pues el niño se había quedado ya sin las guineas con las que milord había dorado su infortunio. Según regresaba, Godefroid de Beaudenord importó, pues, a nuestra tierra al tigre más encantador de Inglaterra, y lo conocieron por su tigre de la misma forma que Couture destaca por sus chalecos. No le costó, por lo tanto, ingresar en la confederación del club llamado hoy en día de Grammont. No suponía alarma alguna para la ambición de nadie tras haber renunciado a la carrera diplomática, no era de mentalidad peligrosa, todo el mundo lo acogió bien. A nosotros nos habría ofendido el amor propio no toparnos más que con caras sonrientes. Nos deleita ver la mueca amarga del Envidioso. A Godefroid no le agradaba que lo odiasen. ¡Cada cual tiene sus gustos! ¿Entramos en lo consistente, en la vida material? Su piso, en donde he saboreado más de un almuerzo, tenía el mérito de contar con un cuarto de aseo misterioso, bien ordenado, repleto de cosas confortables, con chimenea y bañera; daba a una escalera pequeña, puertas de vaivén amortiguadas, cerraduras fáciles, goznes discretos, ventanas con cristales esmerilados, cortinas impasibles. Si el dormitorio brindaba y debía brindar el desorden más ejemplar que desear pueda el acuarelista más exigente, si de todo cuanto había en él se desprendía el toque bohemio de una vida de joven elegante, el cuarto de aseo era como un santuario: blanco, limpio, ordenado, tibio, ninguna corriente, alfombra pensada para meterse en él de un brinco, en camisa y alarmada. ¡Ahí se ve la firma del soltero que es auténtico petimetre y entiende la vida! Pues en ese lugar puede durante unos minutos parecer o necio o grande en los pequeños detalles de la existencia que desvelan la forma de ser. La marquesa de la que hablé antes… no… fue la marquesa de Rochefide, salió furiosa de un cuarto de aseo y nunca volvió a entrar en él porque no había encontrado nada improper. Godefroid tenía un armarito lleno de…

—¡De camisolas! —dijo Finot.

—¡Tenías que ser tú el que dijera algo así, pedazo de Turcaret! (¡No conseguiré educarlo en la vida!). Pues no: de dulces, de fruta, de frasquitos primorosos con vino de Málaga y de Lunel, un tentempié a lo Luis XIV, todo cuanto puede entretener y agradar a los estómagos delicados y bien educados, a los estómagos de dieciséis cuarteles. Un criado anciano y malicioso, muy ducho en el arte veterinaria, servía a los caballos y almohazaba a Godefroid, pues había estado al servicio del difunto señor Beaudenord y sentía por Godefroid un inveterado afecto, esa enfermedad de la que las Cajas de Ahorros han acabado por curar a los criados. Cualquier dicha material descansa en los números. Vosotros, que conocéis la vida parisina incluso en sus exostosis, intuís que Godefroid necesitaba alrededor de diecisiete mil libras de renta, pues tenía diecisiete francos de obligaciones y mil escudos de superfluidades. Pues bien, queridos, el día en que amaneció siendo mayor de edad, el marqués de Aiglemont le presentó unas cuentas de su tutoría como no seríamos ninguno de nosotros capaces de presentarles a nuestros sobrinos y le entregó un asiento en el libro mayor de dieciocho mil libras de renta, restos de la opulencia paterna que había esquilmado la tremenda reducción republicana y dañado el granizo de los atrasos del Imperio. Aquel virtuoso tutor puso en manos de su pupilo unos ahorros de alrededor de treinta mil francos invertidos en la Casa Nucingen y le dijo, con todo el donaire de un gran señor y la despreocupación de un soldado del Imperio, que le había ido reuniendo esa cantidad para sus locuras de juventud. «Si me haces caso, Godefroid —añadió —, en vez de gastártelos tontamente como hacen tantos otros, comete locuras prácticas; acepta un puesto de agregado de embajada en Turín, de ahí vete a Nápoles, de Nápoles regresa a Londres, y te habrás gastado el dinero en divertirte e instruirte. Más adelante, si quieres tener una carrera, no habrás perdido ni el tiempo ni el dinero». El difunto De Aiglemont valía más de lo que cuenta su reputación, cosa que nadie puede decir de nosotros.

—Un joven que empieza a los veintiún años con dieciocho mil libras de renta es un muchacho arruinado —dijo Couture.

—A menos que sea avaro o muy superior —dijo Blondet.

—Godefroid pasó temporadas en las cuatro capitales de Italia —siguió diciendo Bixiou—. Vio Alemania e Inglaterra, y algo de San Petersburgo, recorrió Holanda, pero se desprendió de los ya citados treinta mil francos viviendo como si hubiera tenido treinta mil libras de renta. Encontró doquier la Suprema de ave, el aspic y los vinos de Francia, oyó hablar francés a todo el mundo, en resumen, no supo salir de París. Mucho le habría agradado depravarse el corazón, acorazarlo, perder las ilusiones, aprender a oírlo todo sin ruborizarse, a hablar sin decir nada, a enterarse de los secretos intereses de las potencias... Pero no. Le costó mucho hacerse con cuatro lenguas, es decir, abastecerse de cuatro palabras en contra de una idea. Regresó viudo de varias damas maduras y aburridas, a las que llaman aventuras galantes en el extranjero, tímido y poco formado, buen muchacho, rebosante de confianza, incapaz de hablar mal de la gente que le hacía el honor de recibirlo en su casa, con exceso de buena fe para hacerse diplomático, en fin, eso que llamamos un joven cabal.

—O sea, un mocoso con sus dieciocho mil libras de renta a disposición de las primeras acciones que pasaran a su alcance —dijo Couture.

—Este endemoniado Couture tiene tanta costumbre de cobrar por anticipado los dividendos que anticipa el desenlace de mi historia. ¿Dónde estaba yo? En el regreso de Beaudenord. Ya instalado en el Quai Malaquais, resultó que mil francos por encima de sus necesidades no le llegaban para pagar su parte de palco en el Teatro de los Italianos en la Ópera. Cuando perdía veinticinco o treinta luises apostando en el juego, los pagaba, como es lógico; y se los gastaba cuando ganaba, cosa que nos sucedería a todos si fuéramos lo bastante bobos para caer en las apuestas. Beaudenord, con las estrecheces de aquellas dieciocho mil libras de renta, sintió la necesidad de crear eso que llamamos hoy fondos de circulación de capitales. Tenía mucho empeño en no hundirse a sí mismo. Fue a consultar a su tutor: «Hijo mío —le dijo De Aiglemont—, las rentas están a la par. Vende tus rentas; vendí las mías y las de mi mujer. Nucingen tiene todos mis capitales y me da un seis y medio por ciento; haz como yo, sacarás un uno por ciento más, y ese uno por ciento te permitirá estar completamente a tus anchas». En un plazo de tres días, nuestro Godefroid estaba a sus anchas. Al existir un equilibrio perfecto entre sus ingresos y sus necesidades superfluas, su dicha material fue completa. Si fuera posible interrogar a todos los jóvenes de París con una sola mirada, como parece ser que sucederá cuando llegue el día del Juicio Final con los miles de millones de generaciones que hayan chapoteado en todos los globos, como si fueran miembros de la Guardia Nacional o salvajes, y preguntarles si la dicha de un joven de veintiséis años no consiste en: poder salir a caballo o en tílburi o en birlocho en compañía de un tigre del tamaño del puño, lozano y sonrosado como Toby, Joby, Paddy; contar, por las noches, por doce francos, con un cupé de alquiler muy apañado; aparecer en público elegantemente vestido a tenor de las leyes indumentarias que rigen para las ocho, las doce, las cuatro de la tarde y la noche; recibir buena acogida en todas las embajadas y cortar allí las flores efímeras de amistades cosmopolitas y superficiales; ser guapo de forma tolerable y llevar bien el apellido, el frac y el porte de la cabeza; vivir en un entresuelo pequeño y encantador con la distribución que ya os he dicho que tenía el entresuelo de Quai Malaquais; poder invitar a unos amigos para que vayan con uno al restaurante Le Rocher de Cancale sin tener que pedirle antes opinión a la Bolsa y que ninguno de los impulsos sensatos lo frene la exclamación: ¡Ah! ¿Y con qué dinero?; poder renovar los pompones de color de rosa que adornan las orejas de sus tres purasangres y llevar siempre un forro nuevo en el sombrero. Todo el mundo, incluso nosotros, que somos personas superiores, todo el mundo contestaría que esa dicha no está completa, que es la Magdalena sin altar, que se necesita amar y ser amado, o amar sin ser amado, o ser amado sin amar, o poder amar a lo loco. Vayamos con la dicha espiritual. Cuando, en 1823, se vio ya bien instalado en sus satisfacciones, tras haber puesto el pie y la lengua en las diversas sociedades parisinas a las que tuvo a bien acudir, sintió la necesidad de resguardarse bajo una sombrilla, de tener quejas de una mujer como es debido, de no mordisquear el rabo de una rosa que le hubiera costado cincuenta céntimos en la floristería de la señora Prévost, como hacen esos jovenzuelos que cacarean en los pasillos de la Ópera igual que pollos enjaulados. En pocas palabras, que decidió dedicar sus sentimientos, sus ideas, sus afectos a una mujer, una mujer. ¡Ah, las mujeres! Primero se le ocurrió la idea extravagante de tener una pasión desdichada y estuvo una temporada rondando a su hermosa prima, la señora De Aiglemont, sin darse cuenta de que un diplomático había bailado ya con ella el vals de Fausto. Se le fue el año 25 en experimentos, en investigaciones, en coqueterías inútiles. El amante ser a quien andaba buscando no apareció. ¡Las pasiones son muy escasas! ¡Por aquellos años se alzaron tantas barricadas en las costumbres como en las calles! ¡En verdad os digo, hermanos, que lo improper nos está invadiendo! Como nos reprochan que nos metemos en el terreno de los retratistas, de los subastadores y de los comerciantes de moda, no os impondré la descripción de la persona en la que Godefroid reconoció a su hembra. Edad, diecinueve años; estatura, un metro con cincuenta centímetros; pelo rubio, pestañas ídem; ojos azules, frente mediana, nariz curvada, boca pequeña, barbilla breve y respingada, rostro ovalado; señas particulares, ninguna. He aquí el pasaporte del ser amado. No seáis más exigentes que la policía, que los alcaldes de todas las ciudades y municipios de Francia, que los gendarmes y demás autoridades instituidas. Por lo demás, así es, por encima, la Venus de Médicis, palabra de honor. La primera vez que Godefroid fue a casa de la señora de Nucingen, que lo había invitado a uno de esos bailes con los que consiguió, con poco coste, cierta reputación, divisó, bailando una cuadrilla, a la persona por amar y lo deslumbró aquella estatura de un metro con cincuenta centímetros. Aquel pelo rubio caía como cascadas espumeantes de una cabecita ingenua y lozana como la de una náyade que se hubiera asomado a la ventana cristalina de su manantial para ver las flores primaverales. (Éste es nuestro nuevo estilo, frases que se escurren como los macarrones de hace un rato). El ídem de las cejas, con permiso de las oficinas centrales de la policía, habría podido pedirle seis versos al amable Parny, y ese poeta risueño las habría comparado muy placenteramente al arco de Cupido, haciendo notar que el dardo se hallaba debajo, pero un dardo sin fuerza, con la punta roma, pues todavía impera en él la corderil dulzura que las pantallas de chimenea adjudican a la señora de La Vallière en el momento de rubricar su tierno amor ante Dios a falta de poderlo rubricar ante notario. ¿Estáis al tanto del efecto del pelo rubio y los ojos azules, en combinación con un baile suave, lánguido y decente? En esas circunstancias una joven no se te mete audazmente en el corazón como esas morenas que parecen decirte con los ojos, igual que un mendigo español: ¡La bolsa o la vida! Cinco francos o te desprecio. Esas bellezas insolentes (¡y no poco peligrosas!) pueden agradar a muchos hombres; pero, según mi punto de vista, la rubia que tiene la dicha de parecer excesivamente tierna y complaciente, sin perder por ello los derechos de regañar, de hacer rabiar, de decir palabras extremosas, de tener celos sin motivo y de todo cuanto hace a la mujer adorable, siempre será más de fiar para el matrimonio que la morena ardiente. La leña anda cara. Isaure, blanca como una alsaciana (había visto la luz en Estrasburgo y hablaba alemán con un leve acento francés muy grato), bailaba maravillosamente bien. Tenía los pies, que el empleado de la policía no mencionó y, no obstante, podían hallar cabida en el apartado señas particulares, de notable pequeñez y no menos notables por ese peculiar juego en el paso de danza que los antiguos maestros llamaron flic-flac y puede compararse al grato flujo de la charla de mademoiselle Mars, pues todas las musas son hermanas y tanto el danzarín como el poeta tienen los pies en la tierra. Los pies de Isaure conversaban con una claridad, una precisión, una ligereza y una rapidez de muy buen augurio para las cosas del corazón. «¡Tiene flic-flac!» era la alabanza suprema de Marcel, el único maestro de danza que mereció la apelación de grande. Lo llamaron Marcel el Grande, igual que a Federico el Grande en tiempos de Federico.

—¿Compuso ballets? —preguntó Finot.

—Sí, algo así como Los cuatro elementos o Europa galante.

—¡Qué tiempos aquéllos —dijo Finot— en que los grandes señores vestían a las bailarinas!

—Improper! —siguió diciendo Bixiou—. Isaure no se ponía de puntillas, se quedaba a ras de tierra y se mecía sin trompicones, ni con mayor ni con menor voluptuosidad que las que corresponden a una joven que se mece. Marcel decía, con filosofía muy profunda, que cada estado tiene su baile: una mujer casada no debía bailar como una joven, ni un leguleyo como un financiero, ni un militar como un paje; llegaba incluso a afirmar que un soldado de infantería tenía que bailar de forma diferente que uno de caballería; y arrancaba de ahí para analizar a toda la sociedad. ¡Qué lejos nos caen ya todos estos matices tan hermosos!

—¡Ay! —dijo Blondet—. Pones el dedo en una gran desdicha. Si Marcel no hubiera sido un incomprendido, no habría habido Revolución Francesa.

—Godefroid —reanudó el relato Bixiou— había tenido el privilegio de recorrer Europa y se había fijado a fondo en los bailes extranjeros. Sin ese hondo conocimiento coreográfico, al que tildan de fútil, quizá no se habría enamorado de aquella joven; pero, de los trescientos invitados que se apiñaban en los hermosos salones de la calle de Saint-Lazare, fue el único en percatarse del amor inédito que se colegía de una danza locuaz. Todo el mundo se fijó en cómo bailaba Isaure de Aldrigger: pero en este siglo en que todos dicen: «¡Escurramos el bulto sin insistir!», hubo alguien que dijo: «Esa joven baila estupendamente» (era un pasante de notario); y otra persona dijo: «Es un encanto cómo baila esa muchacha» (era una dama con turbante); otra más, una mujer de treinta años: «¡Esa jovencita no baila nada mal!». Volvamos a Marcel el Grande y digamos, parodiando su dicho más conocido: ¡Cuántas cosas hay en un avant-deux!

—¡A ver si corremos un poco más! —dijo Blondet—. ¡Te andas con unas exquisiteces!

—Isaure —prosiguió Bixiou, mirando de mala manera a Blondet— llevaba un sencillo vestido de crespón blanco adornado con lazos verdes, una camelia en el pelo, una camelia en el talle, otra camelia en la parte de abajo del vestido, y una camelia…

—¡Bueno, esto parece lo de las trescientas cabras de Sancho!

—¡En esto reside toda la literatura, amigo mío! Clarissa es una obra maestra, tiene catorce tomos y el más obtuso de los autores de vodevil te contará la novela en un acto. ¿Si te entretengo, de qué te quejas? Ese atuendo resultaba delicioso. ¿No te gustan las camelias? ¿Prefieres dalias? ¿No? ¡Pues mira, va a ser una castaña! —dijo Bixiou, que debió de tirarle una castaña a Blondet porque oímos el ruido en el plato.

—Bueno, estoy equivocado, sigue —dijo Blondet.

—Prosigo —dijo Bixiou—. «¿No es una preciosidad para casarse con ella?», le dijo Rastignac a Beaudenord señalándole a la chiquilla de las camelias blancas y puras, a las que no les faltaba ni una hoja. Rastignac era uno de los amigos íntimos de Godefroid. «Pues lo estaba pensando —le contestó al oído Godefroid—. Me estaba diciendo que en vez de temer continuamente por la propia dicha; de soltar con grandes apuros una palabra en un oído poco atento; en vez de mirar en el Teatro de los Italianos si un peinado lleva una flor blanca o roja o si hay en el Bosque de Boulogne una mano enguantada en el entrepaño de un coche, como es costumbre en Milán, en el Corso; en vez de robarle un bocado a un pastel borracho detrás de una puerta, igual que un lacayo que apura una botella; en vez de consumirse el ingenio para entregar y recibir una carta, lo mismo que un cartero; en vez de recibir infinitas ternuras en dos líneas, tener que leerse hoy cinco tomos infolio y mañana una entrega de dos hojas, lo que resulta muy cansado; en vez de arrastrarse por las rodadas de los carruajes y por detrás de los setos, valdría más consentir en caer en esa adorable pasión que envidiaba J. J. Rousseau y querer, sin más, a una jovencita como Isaure, con la intención de casarse con ella si, durante el intercambio de sentimientos, los corazones encajan bien; en resumen, ¡ser Werther dichoso!». «Es una ridiculez como otra cualquiera —repuso Rastignac muy en serio—. Si estuviera en tu lugar, quizá me sumergiera en las infinitas delicias de ese ascetismo; es nuevo, original y barato. Tu Mona Lisa es grata, pero tan sosa como la música de un ballet, te lo aviso». La forma en que dijo Rastignac esta última frase hizo pensar a Beaudenord que su amigo tenía algún interés en desilusionarlo y, como ex diplomático que era, lo creyó rival suyo. Las vocaciones fallidas invaden toda la existencia. Tanto se enamorisió Godefroid de la señorita Isaure de Aldrigger que Rastignac se acercó a una joven alta que estaba de conversación en un salón de juego y le dijo al oído: «Malvina, su hermana acaba de pescar en sus redes un pez que pesa dieciocho mil libras de renta; tiene apellido, cierta posición social y buen comportamiento; no los pierda de vista; si se llevan a las mil maravillas, procure ser la confidente de Isaure para no dejarle que conteste a alguna nota sin habérsela corregido». A eso de las dos de la mañana, el ayuda de cámara vino a decirle a una pastorcilla de los Alpes cuarentona y tan coqueta como la Zerlina de la ópera Don Juan, junto a la que se hallaba Isaure: «El coche de la señora baronesa la está esperando». Godefroid vio entonces cómo su belleza de balada alemana tiraba de su fantástica madre hacia el salón que estaba a la salida, hasta el que Malvina siguió a ambas damas. Godefroid, que fingió (¡qué chiquillo!) que iba a enterarse de en qué tarro de mermelada se había agazapado Joby, tuvo la dicha de entrever a Isaure y Malvina envolviendo a su vivaracha madre en pieles y ayudándose mutuamente en esos toques de indumentaria que exige un desplazamiento nocturno por París. Las dos hermanas lo inspeccionaron con el rabillo del ojo, como un par de gatas avispadas que como quien no quiere la cosa le echan la vista a un ratón. A Godefroid lo satisfizo bastante ver el tono, el atuendo y el comportamiento del alsaciano de elevada estatura, ataviado con librea y bien enguantado, que acudió para traerles a sus tres amas unos zapatos recios y con forro de piel. Nunca hubo dos hermanas más diferentes que Isaure y Malvina. La mayor, alta y morena; Isaure, baja y delgada; ésta de rasgos finos y delicados; aquélla de formas vigorosas y marcadas; Isaure era la mujer que se impone por su ausencia de fuerza y que un estudiante adolescente se siente obligado a amparar; Malvina era la mujer de ¿Habéis visto en Barcelona? Junto a su hermana, Isaure parecía una miniatura al lado de un retrato al óleo. «¡Es rica!», le dijo Godefroid a Rastignac cuando regresó al baile. «¿Quién?». «Esa joven». «¡Ah, Isaure de Aldrigger! Pues sí. La madre es viuda, su marido tuvo de empleado a Nucingen en sus oficinas de Estrasburgo. Si quieres volver a verla, dile algún cumplido bien dicho a la señora de Restaud, que da pasado mañana un baile en el que estarán la baronesa de Aldrigger y sus dos hijas, y te invitará». Godefroid estuvo tres días viendo en la cámara oscura del cerebro a su Isaure, y las camelias blancas y sus portes de cabeza, como, cuando tras haber mirado durante mucho rato un objeto iluminado con luz fuerte, lo volvemos a ver con los ojos cerrados, más pequeño, radiante y de colores, centelleando entre las tinieblas.

—Bixiou, estás cayendo en el fenómeno; danos cuadros de conjunto —dijo Couture.

—¡Aquí lo tienen! —siguió diciendo Bixiou, adoptando sin duda la actitud de un camarero—. ¡Aquí tienen, señores, el cuadro pedido! ¡Ojo, Finot, que hay que tirarte de la boca como tira un cochero de punto de la de su jamelgo! Théodora-Marguerite-Wilhelmine Adolphus (de la Casa Adolphus y Compañía de Manheim), viuda del barón de Aldrigger no era una alemanota recia y sensata, blanca, de rostro dorado como la espuma de una jarra de cerveza, adornada con todas las virtudes patriarcales que posee Germania, novelísticamente hablando. Tenía las mejillas lozanas aún, encarnadas en los pómulos igual que las de una muñeca de Nuremberg; tirabuzones muy juguetones en las sienes, los ojos provocativos, ni una cana, un talle esbelto cuyas pretensiones subrayaban vestidos con corsé. Se le veían en la frente y en las sienes unas pocas arrugas involuntarias que, igual que Ninon de Lenclos, habría estado encantada de poder desterrar a los talones; pero las arrugas se empecinaban en trazar sus zigzags en los lugares más aparentes. Se le iba ajando el contorno de la nariz, y se le enrojecía la punta. Cosa tanto más molesta cuanto que en esos casos la nariz le hacía juego con el color de los pómulos. En su condición de heredera única, a quien mimaron sus padres, mimó su marido, mimó la ciudad de Estrasburgo y seguían mimando sus dos hijas, que la adoraban, la baronesa se permitía el color de rosa, la falda corta y el lazo en el pico del corsé que le dibujaba el talle. ¡Cuando un parisino ve pasar por el bulevar a una baronesa así, se burla y la condena sin tener en cuenta, como este jurado de ahora, las circunstancias atenuantes de un fratricidio! El burlón es siempre persona superficial y, en consecuencia, cruel; el muy bellaco no tiene en cuenta en absoluto la parte que corresponde a la Sociedad en esa ridiculez de la que se ríe, pues la Naturaleza no crea sino animales, y los necios se los debemos al Estado Social.

—Lo que me parece estupendo en Bixiou —dijo Blondet— es que sea de lo más completo: cuando no se está mofando de los demás, se está burlando de sí mismo.

—Blondet, ya me las pagarás —dijo Bixiou con tono sagaz—. Si esa baronesita era atolondrada, despreocupada, egoísta e incapaz de cálculo, la responsabilidad de sus defectos correspondía a la Casa Adolphus y Compañía, de Manheim, y al amor ciego del barón de Aldrigger. Dulce como un cordero, aquella baronesa tenía el corazón tierno y fácil de emocionar, pero, por desdicha, la emoción duraba poco y, por consiguiente, se renovaba con frecuencia. Cuando murió el barón, tan violento y auténtico fue el dolor de aquella pastora que estuvo a punto de seguirlo a la tumba; pero… al día siguiente le sirvieron para almorzar guisantes, que le gustaban, y esos guisantes tan deliciosos le calmaron el ataque. La querían tan ciegamente sus dos hijas y su servicio que a toda la casa alegró una circunstancia que permitía ocultar a la baronesa el doloroso espectáculo de la comitiva fúnebre. Isaure y Malvina disimularon sus lágrimas ante aquella madre adorada y la entretuvieron escogiendo los vestidos de luto y encargándolos mientras se entonaba el Requiem. En tanto está un ataúd colocado bajo ese gran catafalco blanco y negro, manchado de cera, que se ha usado para tres mil cadáveres de personas como es debido antes de reformarlo, según los cálculos de un enterrador filósofo al que he consultado el asunto entre dos vasitos de vino blanco; en tanto unos clérigos subalternos de lo más indiferentes berrean el Dies irae; en tanto otros clérigos de mayor rango, aunque no menos indiferentes, rezan el oficio, ¿sabéis lo que están diciendo los amigos vestidos de negro, sentados o a pie firme en la iglesia? (Ahora viene el cuadro que pedíais). ¿Qué, los estáis viendo? «¿Cuánto creen que deja este buen Aldrigger?», le preguntaba Desroches a Taillefer, que nos brindó antes de su muerte la mejor orgía que nunca se haya visto…

—¿Era Desroches procurador por aquel entonces?

—Negoció la compra en 1822 —dijo Couture—. Y salió atrevido para ser el hijo de un humilde empleado que no tuvo nunca más de dieciocho mil francos y cuya madre llevaba un despacho de papel timbrado. Pero trabajó una barbaridad entre 1818 y 1822. ¡Entró de cuarto pasante en el bufete de Derville y en 1819 ya era segundo pasante!

—¡Desroches!

—Sí —dijo Bixiou—. Desroches rodó igual que nosotros por el estiércol del jobismo. Harto de llevar levitas raquíticas y con las mangas cortas, se sorbió ávidamente el Derecho de pura desesperación, y acababa de comprar un título mondo. Procurador sin un céntimo, sin clientela, sin más amigos que nosotros, tenía que pagar los intereses de un cargo y de una fianza.

—Me parecía por entonces un tigre salido de la Casa de Fieras —dijo Couture—. Flaco, pelirrojo, con los ojos color tabaco, el cutis agrio, la expresión fría y flemática, pero destemplado con las viudas, cortante con los huérfanos, trabajador, el terror de sus pasantes, que no podían perder el tiempo, instruido, retorcido, taimado, de habla melosa, sin perder nunca los estribos, malevolente como lo son los hombres de ley.

—Tiene cosas buenas —exclamó Finot—, es abnegado con sus amigos y lo primero que hizo fue dar trabajo como primer pasante a Godeschal, el hermano de Mariette.

—En París —dijo Blondet—, un procurador no tiene más que dos visos: existe el procurador cabal, que no se sale de los términos de la ley, lleva adelante el juicio, no se mete en negocios, no descuida nada, aconseja a sus clientes de forma leal, los hace transigir en los puntos dudosos, un Derville, vamos. Y luego existe el procurador famélico a quien todo le parece bien con tal de que estén aseguradas las costas; que conseguiría enfrentar no montañas, porque las vende, sino planetas; que toma a su cargo que triunfe un pícaro sobre un hombre honrado si, por casualidad, el hombre honrado no está en regla. Cuando uno de esos procuradores hace un juego de manos a lo maese Gonin un poco excesivo, el Tribunal lo obliga a vender el cargo. Desroches, nuestro amigo Desroches entendió este oficio que desempeñan de forma bastante menguada algunos menguados infelices: compró casos a personas a quienes atemorizaba perderlos, se dio al pleito como hombre determinado a salir de la miseria. Acertó y desempeñó el oficio con gran tino. Halló protectores en los políticos sacando adelante sus asuntos arriesgados, como sucedió con nuestro querido Des Lupeaulx, que se encontraba en situación muy comprometida. Era lo que estaba necesitando para salir adelante, porque al comienzo a Desroches lo miraban muy mal en los Tribunales. ¡A él, a quien le costaba tanto enderezar las equivocaciones de sus clientes!… Bien, Bixiou, ¿volvemos a lo nuestro?… ¿Por qué estaba Desroches en la iglesia?

—«¡De Aldrigger deja siete u ochocientos mil francos!», le respondió Taillefer a Desroches. «¡Bah! Sólo hay una persona que esté al tanto de su común fortuna», dijo Werbrust, un amigo del difunto. «¿Quién?». «Ese bribón de Nucingen; irá incluso al cementerio. De Aldrigger fue jefe suyo y, como le estaba agradecido, le hacía medrar los fondos al buen hombre». «¡Su viuda va a notar una gran diferencia!». «¿Qué nos quiere decir con eso?». «¡Si es que De Aldrigger quería tanto a su mujer! No se rían, que nos están mirando». «Anda, ahí está Du Tillet. ¡Qué tarde llega! Ya estamos en la Epístola». «Seguramente se casará con la mayor». «¿Será posible? —dijo Desroches—. Si está más enzarzado que nunca con la señora Roguin». «¿Él enzarzado?... No lo conocen». «¿Están al tanto de la posición de Nucingen y de Du Tillet?», preguntó Desroches. «Yo se la contaré —dijo Taillefer—. Nucingen es hombre capaz de zamparse el capital de su ex jefe y de devolvérselo». «¡Ejem! ¡Ejem! —dijo Werbrust—. ¡Qué humedad tan terrible hay en las iglesias! ¡Ejem! ¡Ejem!». «¿Cómo que devolvérselo...?». «Pues Nucingen sabe que Du Tillet posee una gran fortuna y quiere casarlo con Malvina; pero Du Tillet desconfía de Nucingen. Para quien ve el juego, resulta una partida de lo más entretenida». «¿Cómo? —dijo Werbrust—. ¿Ya está en edad de contraer matrimonio?». «¡A qué velocidad nos vamos haciendo viejos!». «Malvina de Aldrigger tiene veinte años, querido amigo. ¡El bueno de De Aldrigger se casó en 1800! Nos dio unas fiestas bastante decentes en Estrasburgo por la boda y por el nacimiento de Malvina. Fue en 1801, cuando la paz de Amiens; y estamos en 1823, mi buen Werbrust. Por entonces, todo lo referíamos a Osián y llamó Malvina a su hija. Seis años después, en pleno Imperio, los temas de caballería hicieron furor durante una temporada y nadie pensaba sino en Al partir para Siria y otras necedades por el estilo. Le puso Isaure a su segunda hija, que tiene diecisiete años. Aquí tenemos a dos jóvenes casaderas». «Esas mujeres no tendrán ni un céntimo dentro de diez años», le dijo Werbust confidencialmente a Desroches. «Ahí está —le respondió Taillefer—, el ayuda de cámara de Aldrigger, ese viejo que berrea al fondo de la iglesia; vio criar a las señoritas y es capaz de todo para conservarles con qué vivir» (El coro: «¡Dies irae!»). Los monaguillos: «¡Dies illa!». (Taillefer: «Adiós, Werbrust, cuando oigo el Dies irae me acuerdo demasiado de mi pobre hijo»). «Yo también me voy, hay demasiada humedad», dice Werbrust («In favilla»). (Los pobres, en la puerta: «¡Unos centimitos, bondadosos señores!»). (El pertiguero: «¡Bum! ¡Bum! Para las necesidades de la iglesia». El coro: «Amen». Un amigo: «¿De qué murió?». Un curioso bromista: «De la rotura de una vena del talón». Un transeúnte: «¿Sabe alguien quién es el personaje que se ha dejado morir?». Un pariente: «El presidente De Montesquieu». El sacristán, a los pobres: «Ya os estáis marchando. Ya nos han dado limosna para vosotros. ¡No pidáis nada más!»).

—¡Qué labia! —dijo Couture.

(Y, efectivamente, nos parecía estar oyendo todo el barullo de una iglesia. Bixiou lo imitaba todo, incluso el ruido de la gente que sale acompañando el cuerpo, arrastrando los pies por la tarima).

—Hay poetas, novelistas, escritores que dicen muchas cosas hermosas acerca de los hábitos parisinos —siguió diciendo Bixiou—, pero esto es lo que pasa de verdad en los entierros. De cada cien personas que rinden el último homenaje a un infeliz que se ha muerto, noventa y nueve están hablando de negocios y de diversiones en plena iglesia. Para poder ver alguna humilde pena pequeña y auténtica, se requieren circunstancias imposibles. ¡Y ni siquiera! ¿Existe algún dolor sin egoísmo?...

—¡Ejem! ¡Ejem! —dijo Blondet—. No existe nada menos respetado que la muerte; ¿será que a lo mejor es lo menos respetable que existe?...

—¡Es tan vulgar! —añadió Bixiou—. Cuando acabó el servicio, Nucingen y Du Tillet acompañaron al difunto al cementerio. El ayuda de cámara viejo iba a pie. El cochero llevaba el carruaje detrás del coche del clero. «Pueno, mi puen amigo —le dijo Nucingen a Du Tillet al volver la esquina del bulevar—, la ocasión es estupenta paga casagse con Malfina: segá ustet el pgotectog de esa infeliz familia y atemás tentgá ustet una familia y un hogag; se encontgagá con una casa ya montata pog completo y teste luego que Malfina es un auténtico tesogo».

—¡Me parece que estoy oyendo hablar a ese Robert Macaire viejo que está hecho Nucingen! —dijo Finot.

—«Una muchacha encantadora», dijo Ferdinand Du Tillet fogoso y sin acalorarse —prosiguió Bixiou.

—¡Du Tillet completo en un solo dicho!

—«Puede parecerles fea a quienes no la conozcan, pero reconozco que hay alma en ella», decía Du Tillet. «Y cogazón, eso es lo pueno del asunto, amigo mío; segá apnegata e inteligente. En este peggo oficio nuestgo, no se sape ni quién fife ni quién muege; es una ggan ticha poteg tescansag en el cogazón te la muheg te uno. Campiagía gustoso a Telfine quien, como pien sape, me apogtó más te un millón, pog Malfina que no tiene tanta tote». «Pero ¿cuánto tiene?». «No lo sé exagtamente —dijo el barón de Nucingen—, pego algo tiene». —¡Tiene una madre muy aficionada al color de rosa!» dijo Du Tillet. Esa frase puso término a los intentos de Nucingen. Después de la cena, el barón informó, pues, a la ya nombrada Wilhelmine Adolphus de que apenas si le quedaban cuatrocientos mil francos en posesión del banquero. La hija de los Adolphus de Manheim, al verse reducida a una renta de veinticuatro mil libras, se extravió por cuentas que se le enredaban en la cabeza. «¡Cómo!», le decía a Malvina, «¡Cómo! ¡Siempre hubo en la modista seis mil francos para nosotras! Pero ¿de dónde sacaba el dinero tu padre? Con veinticuatro mil francos no podremos tener nada, estamos en la miseria. ¡Ay, si mi padre viera qué bajo he caído! ¡Se moriría si no estuviera muerto ya! ¡Pobre Wilhelmine!». Y se echó a llorar. Malvina, no sabiendo cómo consolar a su madre, le hizo ver que era aún era joven y bonita, que el color de rosa le seguía sentando bien, que iría a la Ópera y Les Bouffons al palco de la señora de Nucingen. Arrulló a su madre con un rumor de fiestas, de bailes, de músicas, de vestidos bonitos y de éxitos, que comenzó tras las cortinas de un lecho de seda azul en un dormitorio elegante contiguo a aquél en donde, dos noches antes, había expirado Jean-Baptiste barón de Aldrigger, cuya historia os diré en tres palabras. En vida, ese respetable alsaciano, banquero en Estrasburgo, se enriqueció hasta contar en su haber con unos tres millones. En 1800, a la edad de treinta y seis años, en el apogeo de aquella fortuna suya conseguida durante la Revolución, se casó, por ambición y por inclinación, con la heredera de los Adolphus de Manheim, una jovencita a quien adoraba una familia en pleno cuya fortuna fue a parar a sus manos, como es lógico, en un espacio de diez años. A De Aldrigger lo baronificó entonces S. M. el emperador y rey, al haberse doblado su fortuna. Pero le entró una pasión por el gran hombre que le había dado un título. Así pues, entre 1814 y 1815, se arruinó por haberse tomado en serio el sol de Austerlitz. Aquel honrado alsaciano no suspendió pagos, no compensó a sus acreedores con los valores que consideraba malos; lo pagó todo sin cerrar caja, se retiró de la Banca y se ganó esta frase de su ex oficial mayor, Nucingen: «¡Un hombre honrado, pero tonto!». Tras echar todas las cuentas, le quedaron quinientos mil francos y títulos de deuda de un Imperio que había dejado de existir. «Esto es lo que les pasa a las pegsonas temasiato encagiñatas con Napoleón», dijo al ver el resultado de su liquidación. ¿Cómo podría quedarse en una ciudad, tras haber ido a menos, quien ha sido figura principal en ella? … El banquero alsaciano hizo lo que hacen todos los que se arruinan en provincias: vino a París, lució con coraje tirantes tricolores en los que iban bordadas águilas imperiales y aquí se centró en la sociedad bonapartista. Puso sus valores en manos del barón de Nucingen, que le dio un ocho por ciento del total y le aceptó los valores de deuda imperial con un sesenta por ciento de pérdida nada más, en vista de lo cual De Aldrigger le estrechó la mano a Nucingen diciéndole: «¡Estapa segugo te que hallagía en ti el cogazón te un Eliacin!». Nucingen consiguió cobrarlo todo de nuestro amigo Des Lupeaulx. Aunque lo habían dejado muy en las últimas, nuestro alsaciano contó con unos ingresos industriales de cuarenta y cuatro mil francos. Se le complicó el disgusto con esa melancolía que aqueja a las personas acostumbradas a hallar la vida en el juego de los negocios cuando se ven privados de él. El banquero se impuso el cometido de sacrificarse —era un corazón noble— por su mujer, cuya fortuna, que ella había le dejado manejar con la facilidad de una muchacha que nada sabía de asuntos de dinero, acababa de sucumbir. La baronesa de Aldrigger volvió, pues, a encontrarse con los placeres a los que estaba acostumbrada y el vacío que podía causarle la vida social de Estrasburgo lo colmaron los deleites de París. La Casa Nucingen estaba ya, como lo está ahora, en la cima de la sociedad financiera y el diestro barón se tomó muy a pecho el darle un buen trato al barón honrado. Aquella virtud tan hermosa hacía muy buen efecto en el salón de los Nucingen. Todos y cada uno de los inviernos iban mermando el capital del barón de Aldrigger; pero no se atrevía a hacerle el mínimo reproche a la perla de los Adolphus; fue su ternura la más ingeniosa y la más carente de inteligencia que darse pueda. ¡Hombre bueno, pero necio! Se murió preguntándose: «¿Qué va a ser de ellas sin mí?». Luego, aprovechando un instante en que se quedó a solas con su viejo ayuda de cámara, Wirth, el pobre hombre, entre dos ahogos, le encomendó a su mujer y a sus hijas como si ese Caleb alsaciano fuera la única persona sensata de aquella casa. Tres años después, en 1826, Isaure había cumplido los veinte y Malvina seguía soltera. Al hacer vida social, Malvina había acabado por percatarse de cuán superficiales eran en ese ambiente las relaciones, de cuánto se examinaba y se calificaba todo. Al igual que la mayoría de las muchachas de las que se dice que las han dado una buena educación, Malvina no sabía los mecanismos de la vida, la importancia de la fortuna, la dificultad que costaba conseguir una monedita, el precio de las cosas. En consecuencia, durante esos seis años, cuanto aprendió fue una herida para ella. Los cuatrocientos mil francos que había dejado el difunto Aldrigger en la Casa Nucingen se pusieron en la cuenta de crédito de la baronesa, pues de la sucesión de su marido se le debían un millón doscientos mil francos; y, en los momentos de apuro, la pastora de los Alpes sacaba de allí a manos llenas como de una caja que nunca fuera a vaciarse. En el preciso instante en que nuestro pichón se encaminaba hacia su paloma, a Nucingen, que sabía cómo se las gastaba su ex jefa, no le había quedado más remedio que contarle a Malvina la situación financiera en que se hallaba la viuda: sólo quedaban ya trescientos mil francos en su banco, por lo que las veinticuatro mil libras de renta se reducían a dieciocho mil. ¡Wirth había sacado adelante la posición de la familia durante tres años! Tras la confidencia del banquero, Malvina suprimió los caballos, vendió el coche y despidió al cochero, sin que lo supiera su madre. No fue posible renovar el mobiliario del palacete, que tenía ya diez años de existencia, pero todo se había ido ajando al mismo tiempo. A quienes les guste la armonía no verán en ello sino un daño a medias. La baronesa, aquella flor tan bien conservada, había adquirido la apariencia de una rosa fría y encogida que se ha quedado sola en una mata en pleno mes de noviembre. ¡Yo, que os lo cuento, vi cómo aquella opulencia se iba degradando tono a tono, y por medios tonos! ¡Os doy mi palabra de que era espantoso! Fue el último disgusto que tuve. Después me dije: «¡Qué bobada eso de interesarse tanto por los demás!». Mientras fui un empleado, caí en la necedad de tomarme interés por todas las casas en las que cenaba. Las defendía de las maledicencias, si las había; no las calumniaba… ¡Ay! ¡Qué niño era! Cuando su hija le explicó la situación, la ya citada perla exclamó: «¡Hijitas mías! ¿Quién me va a hacer los vestidos? ¿Y ya no podré tener cofias nuevas ni recibir ni salir para alternar?». —Y Bixiou interrumpió el relato para preguntar—: ¿En qué os parece que se nota el amor de un hombre? De lo que se trata es de saber si Beaudenord estaba enamorado de verdad de la rubita aquélla.

—Descuida los negocios —contestó Couture.

—Se cambia de camisa tres veces al día —dijo Finot.

—Una pregunta previa —dijo Blondet—. ¿Puede y debe un hombre superior estar enamorado?

—Amigos míos —prosiguió Bixiou con cara sentimental—, guardémonos como de un bicho venenoso del hombre que, al sentir que lo embarga el amor por una mujer, chasquea los dedos o tira el puro diciendo: «¡Bah, hay otras en el mundo!». Pero el gobierno puede emplear a ese ciudadano en el Ministerio de Asuntos Exteriores. Te recuerdo, Blondet, que el Godefroid en cuestión había dejado el cuerpo diplomático.

—Bueno, pues se quedó ensimismado. El amor es la única oportunidad de los tontos para crecerse —contestó Blondet.

—Blondet, Blondet, ¿por qué somos tan pobres? —exclamó Bixiou.

—¿Y por qué es Finot tan rico? —añadió Blondet—. Ya te lo diré, muchacho, nos entendemos. Y Finot venga a ponerme de beber como si le hubiera subido la leña a su casa. Pero al final de una cena, el vino hay que paladearlo a sorbitos. ¿En qué estábamos?

—Tú lo has dicho; Godefroid el ensimismado trabó hondo conocimiento con Malvina la alta, con la baronesa liviana y con la bailarinita. Cayó en el servilismo más minucioso y astringente. Aquellos restos de una opulencia cadavérica no lo amilanaron. Bah, se acostumbró gradualmente a todos aquellos harapos. Nunca hubo de parecerle a aquel muchacho ni ajada, ni vieja ni sucia ni necesitada de sustitución la seda china verde con adornos blancos del salón. Las cortinas, la mesita de té, las baratijas orientales repartidas por la chimenea, la araña rococó, la alfombra de Cachemira de imitación con la trama al aire, el piano, la vajilla de diario con dibujo de flores, las servilletas con flecos a la española y con agujeros a la española también, el salón tapizado de seda de Persia, que daba paso al dormitorio azul de la baronesa, con todos sus accesorios, todo le pareció santo y sagrado. Las mujeres lerdas en quienes la belleza resplandece de forma tal que el ingenio, el corazón y el alma quedan en la sombra son las únicas que pueden mover a olvidos semejantes, pues una mujer inteligente jamás abusa de sus cualidades; hay que ser mezquina y tonta para apoderarse de un hombre. ¡A Beaudenord, por lo que me dijo, le gustaba el viejo y solemne Wirth! Aquel viejo bribón le tenía a su futuro amo el respeto que le tiene un creyente católico a la Eucaristía. El honrado Wirth era un Gaspard alemán, uno de esos bebedores de cerveza que arropan la agudeza en bonachonería de la misma forma que arropaba el puñal en la manga un cardenal de la Edad Media. Wirth, al ver aparecer a un marido para Isaure, rodeaba a Godefroid de los rodeos y circunloquios con arabescos de su bonachonería alsaciana, que es la liga más pegajosa de cuantos adhesivos pueda haber. La señora de Aldrigger era improper a más no poder y el amor le parecía la cosa más natural del mundo. Cuando Isaure y Malvina salían juntas y se marchaban a las Tullerías o a los Campos Elíseos en donde iban a coincidir con jóvenes de su categoría social, la madre les decía: «¡Pasadlo bien, hijas queridas!». Sus amigos, los únicos que podrían calumniar a ambas hermanas, las defendían; pues la excesiva libertad de que cada cual disfrutaba en el salón de los Aldrigger lo convertía en un lugar único en París. Gastando millones habría resultado difícil conseguir veladas como ésas en las que se hablaba de todo con ingenio, en que no era de rigor ir de punta en blanco, en que todo el mundo estaba tan a gusto que hasta pedía de cenar. Las dos hermanas escribían a quien querían, recibían cartas con toda tranquilidad teniendo a su madre al lado sin que se le ocurriera nunca a la baronesa preguntarles de qué trataban. Aquella madre adorable concedía a sus hijas todos los beneficios de su egoísmo, la pasión más amable del mundo puesto que, como los egoístas no quieren que los molesten, no molestan a nadie ni estorban la vida de quienes los rodean con las zarzas de los consejos, las espinas de la reprimenda ni esas pejigueras de avispa que se permiten los afectos excesivos que quieren saberlo todo y controlarlo todo...

—Me llegas al corazón —dijo Blondet—. Pero, querido amigo, tú no cuentas las cosas, tú te chanceas...

—¡Blondet, si no estuvieras borracho me darías lástima! ¡De los cuatro aquí presentes éste es el único que resulta literario de verdad! ¡Por consideración a él, os hago el honor de trataros como a gourmets, os destilo la historia! ¡Y me critica! Amigos míos, la mayor seña de esterilidad espiritual es la acumulación de hechos. La sublime comedia del Misántropo demuestra que el Arte consiste en edificar un palacio en la punta de una aguja. El mito de mi idea se halla en la varita mágica de las hadas que puede convertir en diez segundos (¡el tiempo que se tarda en vaciar un vaso!) la llanura de Les Sablons en un Intertachen. ¿Queréis acaso que os refiera un relato que vuele como una bala de cañón, un informe de general en jefe? Charlamos, reímos, y este periodista, bibliófobo cuando está en ayunas, pretende, cuando está bebido, que mi lengua tenga la necia apariencia de un libro. —Hacía como que lloraba —. ¡Ay de la imaginación francesa! ¡Quieren despuntarle las agujas de su guasa! Dies irae. Lloremos por Cándido y viva la Crítica de la razón pura, el Simbolismo y los sistemas en cinco tomos compactos que imprimieron unos alemanes que no sabían que desde 1750 estaban ya en París, en unas pocas palabras sutiles, los diamantes de nuestra inteligencia nacional. Blondet preside el cortejo fúnebre de su suicidio, este Blondet que fabrica en su periódico las últimas palabras de todos los grandes hombres que se nos mueren sin decir nada.

—Tú a lo tuyo —dijo Finot.

—Pretendía explicaros en qué consiste la dicha de un hombre que no es accionista (¡una cortesía que tengo con Couture!). ¿Qué, no os dais cuenta ahora del precio que le va a costar a Godefroid conseguir la dicha más dilatada con que pueda soñar un joven?... ¡Estudiaba a Isaure para tener la seguridad de que lo comprendería!... Las cosas que se comprenden mutuamente tienen que ser semejantes. Ahora bien, sólo son semejantes a sí mismos la nada y el infinito: la nada es la necedad, el genio es el infinito. Aquellos dos enamorados se escribían las cartas más estúpidas del mundo enviándose en papel perfumado las palabras de moda: ¡ángel!, ¡arpa eólica!, ¡contigo estaré completo!, ¡hay un corazón en mi pecho de hombre!, ¡débil mujer!, ¡pobre de mí!, toda la prendería del corazón moderno. Godefroid apenas si se quedaba diez minutos en un salón y charlaba sin pretensión alguna con las mujeres; y a ellas les parecía entonces muy ingenioso. Era de esos que no tienen más ingenio que el que les atribuyen. Ved, en fin, cuán ensimismado estaba: Joby, sus caballos, sus coches se convirtieron en cosas secundarias. No era feliz más que hundido en su buena poltrona, enfrente de la baronesa, al amor de aquella chimenea de mármol verde antiguo, ocupado en mirar a Isaure, en tomar té charlando con el reducido cenáculo de amigos que acudían todas las noches entre las once y las doce a la calle de Joubert, en donde siempre se podía jugar a la berlanga sin temor: siempre gané. Cuando Isaure había adelantado el lindo piececito calzado con un zapato de satén negro y Godefroid llevaba mucho rato mirándolo, se quedaba el último y le decía a Isaure: «Dame el zapato...». Isaure alzaba el pie, lo ponía encima de una silla, se quitaba el zapato y se lo daba lanzándole una mirada, una de esas miradas, en fin ya me entendéis. Godefroid acabó por descubrir un gran misterio en la vida de Malvina. Cuando llamaba a la puerta Du Tillet, el vivo arrebol que teñía las mejillas de Malvina decía: ¡Ferdinand! Al mirar a aquel tigre en dos patas, a la pobre joven se le encendían los ojos igual que un brasero al que atiza una corriente de aire; se le traicionaba un placer infinito cuando Ferdinand se la llevaba para un aparte junto a una consola o un ventanal. ¡Qué infrecuente y hermoso es que exista una mujer lo bastante enamorada para volverse ingenua y permitir que puedan leer en su corazón! Dios mío, es algo tan infrecuente en París como la flor que canta en la India. Pese a aquella amistad iniciada el mismo día en que los Aldrigger aparecieron en casa de los Nucingen, Ferdinand no se casaba con Malvina. A nuestro feroz amigo Du Tillet no había parecido darle celos el asiduo cortejo de Desroches a Malvina, pues para poder acabar de pagar el cargo con una dote que no aparentaba ser inferior a cincuenta mil escudos, él, el hombre del Palacio de Justicia, había fingido amor. Aunque la humillaba hondamente la despreocupación de Du Tillet, Malvina lo quería demasiado para darle con la puerta en las narices. En aquella muchacha, toda ella alma, sentimiento y expansión, tan pronto el orgullo cedía ante el amor, tan pronto el amor ofendido consentía en que prevaleciera el orgullo. Sosegado y frío, nuestro amigo Ferdinand aceptaba aquel cariño y aspiraba su aroma con el tranquilo deleite del tigre que se lame la sangre que le tiñe las fauces; acudía en busca de las pruebas, no pasaba dos días sin aparecer por la calle de Joubert. El bribón tenía por entonces alrededor de un millón ochocientos mil francos, el asunto de la fortuna tenía que ser cosa de poca importancia para él, y había resistido no sólo a Malvina, sino a los barones de Nucingen y de Rastignac, que le habían hecho recorrer ambos setenta y cinco leguas diarias, a cuatro francos los guías, con postillones por delante y sin mayor disimulo, por los laberintos de sus sutilezas. Godefroid no pudo por menos de mencionarle a su futura cuñada la situación ridícula en que se hallaba, entre un banquero y un procurador. «Quiere echarme un sermón sobre Ferdinand y enterarse de qué secreto hay entre nosotros —le dijo ella con sinceridad—. Querido Godefroid, no vuelva a intentarlo. El linaje de Ferdinand, sus antecedentes, su fortuna no tienen nada que ver; tenga, pues, por seguro, que hay algo extraordinario». No obstante, pocos días después, Malvina se llevó a Beaudenord aparte y le dijo: «No creo que el señor Desroches sea un hombre honrado (¡lo que es el instinto amoroso!), por lo visto quiere casarse conmigo y corteja a la hija de un tendero. ¡Me gustaría saber si soy un mal menor y el matrimonio es para él una cuestión de dinero!». Pese a tener profundidad de pensamiento, Desroches no podía calar en Du Tillet y temía que se casara con Malvina. El individuo, pues, se había organizado una retirada; se hallaba en una posición intolerable, apenas si ganaba, tras cubrir todos los gastos, los intereses de su deuda. Las mujeres no comprenden esas situaciones en absoluto. ¡Para ellas el corazón es siempre multimillonario!

—Pero dado que ni Desroches ni Du Tillet se casaron con Malvina —dijo Finot—, explícanos el secreto de Ferdinand.

—El secreto es el siguiente —respondió Bixiou—. Regla general: con una joven que ha dado una única vez el zapato, aunque se niegue a darlo durante diez años, nunca se casará el que…

—¡Bobadas! —le interrumpió Blondet—. También se ama porque se ha amado. El secreto es el siguiente: regla general, no te cases siendo sargento si puedes llegar a duque de Dantzick y mariscal de Francia. ¡Fijaos, si no, en la unión que hizo Du Tillet! Se casó con una de las hijas del conde de Granville, una de las familias más antiguas de la magistratura francesa.

—La madre de Desroches tenía una amiga —prosiguió Bixiou—, la mujer de un droguero; y ese droguero se había retirado con un buen pellizco. ¡Los drogueros tienen ideas muy extravagantes! Para darle a su hija una buena educación la metió interna… El Matifat en cuestión contaba con casar a su hija por una razón llamada doscientos mil francos en dinero contante y sonante y que no olía a droguería.

—¿El Matifat de Florine? —dijo Blondet.

—¡Pues sí, el de Lousteau, el nuestro, vamos! Esos Matifat, perdidos entonces para nosotros, se fueron a vivir a la calle de Le Cherche-Midi, el barrio más alejado de la calle de Les Lombards en donde habían hecho fortuna. ¡Traté mucho a los Matifat! Durante mi época de esclavitud ministerial, cuando andaba encajonado ocho horas al día entre unos sandios de veintidós quilates, conocí a gente rara que me convenció de que en la sombra hay asperezas y de que en las cosas más chatas puede haber ángulos. Sí, amigo mío, hay burgueses que son, referidos a otros, lo que Rafael a Natoire. La señora viuda de Desroches había mediado desde hacía mucho para que su hijo hiciera esa boda, pese al tremendo obstáculo que suponía un tal Cochin, hijo del socio en comandita de Matifat, un joven empleado del Ministerio de Hacienda. Desde el punto de vista de los señores Matifat, el estado de procurador parecía, como decían ellos, brindar garantías para la dicha de una mujer. Desroches se había prestado a los planes de su madre para tener una solución si venían mal dadas. Y por eso se mostraba considerado con los drogueros de la calle de Le Cherche-Midi. Para haceros entender otra forma de dicha, tendría que describiros a esos dos negociantes, macho y hembra, disfrutando de un jardincillo, viviendo en una hermosa planta baja, entreteniéndose en contemplar un surtidor delgado y largo como una espiga que fluía continuamente y se alzaba desde una mesita redonda de piedra caliza colocada en el centro de un estanque de seis pies de diámetro, madrugando para ver si habían crecido las flores del jardín, ociosos e intranquilos, acicalándose por acicalarse, aburriéndose en los espectáculos y siempre entre París y Luzarches, en donde tenían una casa de campo y en donde he ido a cenar. Un día, Blondet, quisieron que me luciera y les estuve contando una historia desde las nueve de la noche hasta las doce, una aventura con otras muchas dentro. Estaba presentando al vigésimo noveno personaje (¡los folletines me han robado la idea!) cuando el bueno de Matifat, que por ser el anfitrión aguantaba todavía, empezó a roncar como todos los demás, después de haber estado guiñando durante cinco minutos. Al día siguiente todos me alabaron el desenlace de la historia. Estos tenderos se trataban con los señores Cochin, con Adolphe Cochin, con la señora Desroches, con un tal Popinot, droguero en ejercicio que les traía noticias de la calle de Les Lombards (¡uno de tus conocidos, Finot!). La señora Matifat, que gustaba de las Artes, compraba litografías, litocromías, dibujos coloreados, todo lo más barato. Maese Matifat se entretenía pasando revista a las empresas nuevas e intentando jugarse en ellas algunos capitales para vivir unas cuantas emociones (Florine lo había curado del estilo Regencia). Con una sola expresión me bastará para que entendáis lo profundo que era ese Matifat mío. El buen hombre daba a sus sobrinas las buenas noches de la siguiente forma:

«¡Sobrinas, vete a la cama!». Decía que no quería impresionarlas llamándolas de vos. Su hija era una joven sin modales que parecía una camarera de casa fina; tocaba una sonata a trancas y barrancas, tenía bonita letra inglesa, se expresaba bien en francés y lo escribía con buena ortografía; en resumen una perfecta educación burguesa. Estaba deseando casarse para salir de la casa paterna en donde se aburría igual que un oficial de marina durante el cuarto de noche; aunque hay que reconocer que el cuarto duraba todo el día. Desroches o el hijo de los Cochin, un notario o un guardia de corps, un lord inglés de pega, cualquier marido le valía. Como estaba claro que no sabía nada de la vida, me compadecía de ella y quise revelarle su gran misterio. ¡Bah! Los Matifat me dieron con la puerta en las narices; los burgueses y yo no nos entenderemos nunca.

—Se casó con el general Gouraud —dijo Finot.

—En cuarenta y ocho horas, Godefroid de Beaudenord, el ex diplomático, caló a los Matifat e intuyó su intrigante corrupción —siguió diciendo Bixiou —. Estaba Rastignac por casualidad en casa de la superficial baronesa conversando al amor de la chimenea mientras Godefroid le daba el parte a Malvina. Unas pocas palabras le llamaron la atención y sospechó de qué se trataba, sobre todo por la cara agriamente satisfecha de Malvina. Rastignac se quedó hasta las dos de la mañana. ¡Y luego dicen que es egoísta! Beaudenord se marchó cuando la baronesa fue a acostarse. «Querida niña —le dijo Rastignac a Malvina con tono bondadoso y paternal cuando se quedaron solos —, que no se le olvide que un pobre muchacho muerto de sueño ha estado tomando té para seguir despierto hasta las dos de la mañana y poder decirle con toda solemnidad: cásese. No se haga la difícil, no haga caso de sus sentimientos, no piense en los innobles cálculos de los hombres que tienen un pie aquí y otro en casa de los Matifat, no piense en nada: ¡cásese! Para una joven soltera, casarse es imponerse a un hombre que se compromete a hacerla vivir en una posición más o menos dichosa pero en la que la cuestión material está garantizada. Conozco el mundo: las muchachas, las madres y las abuelas son todas unas hipócritas cuando se toman tanto trabajo para hablar de sentimientos en cuestiones de matrimonio. Nadie piensa en nada que no sea un estupendo estado. Cuando ha casado bien a la hija, una madre dice que ha hecho un negocio estupendo». Y Rastignac le desarrolló su teoría acerca del matrimonio que, según él, es una sociedad de comercio fundada para hacer soportable la vida. «No le pregunto por su secreto —le dijo a Malvina al concluir—. Ya lo sé. Los hombres se lo cuentan todo, igual que hacen las mujeres al acabar de cenar. Y ésta es mi última palabra: cásese. ¡Y si no se casa acuérdese de que aquí y esta noche le rogué que se casara!». Rastignac hablaba con un tono que imponía no atención, sino reflexión. Su insistencia no podía por menos de sorprender. Tanto impresionó a Malvina en lo más agudo de su inteligencia, que era donde había querido alcanzarla Rastignac, que aún pensaba en ello al día siguiente y buscaba en vano la causa de aquella advertencia.

—No veo en ninguna de las peonzas que vas soltando nada que tenga nada que ver con el origen de la fortuna de Rastignac; y nos estás tomando por unos Matifat multiplicados por seis botellas de vino de Champaña —exclamó Couture.

—Ya falta poco para llegar —exclamó Bixiou—. ¡Habéis ido siguiendo el curso de todos los riachuelos que formaron las cuarenta mil libras de renta que tantos envidian! Rastignac tenía entonces en sus manos el hilo de todas aquellas existencias.

—Desroches, los Matifat, Beaudenord, las De Aldrigger, De Aiglemont.

—¡Y otros cien!… —dijo Bixiou.

—Vamos a ver, ¿cómo es eso? —exclamó Finot—. Estoy enterado de muchísimas cosas y no vislumbro la clave de este enigma.

—Blondet os ha contado por encima las dos primeras liquidaciones de Nucingen. Ésta es la tercera contada en detalle —prosiguió Bixiou—. Nada más firmarse la paz de 1815, Nucingen cayó en la cuenta de algo en que nosotros no hemos caído hasta ahora, que el dinero no es poder más que en cantidades desproporcionadas. Sentía una secreta envidia por los hermanos Rothschild. ¡Tenía cinco millones y quería diez! Con diez millones sabía que podría ganar treinta, mientras que con cinco sólo conseguiría quince. ¡Decidió, pues, ir a una tercera liquidación! Aquel gran hombre pensaba entonces pagar a sus acreedores con valores ficticios y quedarse con su dinero. En la plaza, un concepto de esta clase no se presenta bajo una expresión matemática. Una liquidación así consiste en dar un bollito a cambio de un luis de oro a unos niños grandes que, como los niños de antaño, prefieren el bollito a la moneda, sin saber que con la moneda pueden tener doscientos bollitos.

—Pero ¿qué estás diciendo, Bixiou? —exclamó Couture—. Pero si no hay nada más leal. Hoy en día no hay semana en que no ofrezcan al público bollitos pidiéndole un luis. Pero ¿está obligado el público a soltar el dinero? ¿No cuenta acaso con el derecho a informarse?

—Preferiríais que lo obligaran a hacerse accionista —dijo Blondet.

—No —dijo Finot—. ¿Dónde quedaría el talento?

—Eso es mucho decir viniendo de Finot —dijo Bixiou.

—¿Quién le habrá proporcionado esa palabra? —preguntó Couture.

—En fin —siguió diciendo Bixiou—, Nucingen había tenido dos veces la dicha de dar, sin pretenderlo, un bollito que, a la postre, valía más de lo qué había sacado él. Esta desdichada dicha le daba remordimientos. De dichas así acaba uno por morirse. Llevaba diez años esperando la ocasión de no volver a equivocarse, de crear valores que pareciese que valían algo y que…

—Pero —dijo Couture—, si explicamos así la Banca, no hay comercio posible. Más de un leal banquero convenció, con la aprobación de un leal gobierno, a los bolsistas más astutos para que adquiriesen valores que, en un tiempo récord, iban a bajar. ¡Y cosas mejores hemos visto! ¿No se emitieron acaso, siempre con el consentimiento y apoyo del gobierno, valores para pagar los intereses de determinados fondos, manteniendo la cotización, y poder quitárselos de encima? Estas operaciones tienen más o menos que ver con la liquidación de Nucingen.

—En pequeño —dijo Blondet—, el negocio puede parecer singular; pero, en grande, son altas finanzas. Existen actos arbitrarios que resultan criminales entre individuos, pero se quedan en nada cuando se reparten entre una muchedumbre cualquiera, igual que una gota de ácido prúsico se vuelve inocente en un barreño de agua. Si matas a un hombre, te guillotinan. Pero con una convicción gubernamental cualquiera matas a quinientos hombres y se respeta el crimen político. Si me coges cinco mil francos del secreter, vas a presidio. Pero con la guindilla de una posible ganancia hábilmente colocada en las fauces de mil bolsistas los obligas a quedarse con las emisiones de deuda de no sé qué república o qué monarquía en quiebra, emitidas, como dice Couture, para pagar los intereses de esa misma deuda: nadie puede quejarse. ¡He aquí los auténticos principios de esta edad de oro en la que vivimos!

—La escenificación de un mecanismo de tanta amplitud —prosiguió Bixiou— requería muchos polichinelas. Para empezar, la Casa Nucingen había empleado sus cinco millones, sabiendo bien lo que hacía y deliberadamente, en un negocio en América cuyos dividendos estaban calculados para rentar demasiado tarde. Se quedó descapitalizada con premeditación. Toda liquidación debe tener un motivo. La Casa poseía en fondos particulares y en valores emitidos alrededor de seis millones. Entre los fondos particulares estaban los trescientos mil francos de la baronesa de Aldrigger, los cuatrocientos mil de Beaudenord, un millón de De Aiglemont, trescientos mil de Matifat, medio millón de Charles Grandet, el marido de la señorita de Aubrion, etc. Al crear personalmente una empresa industrial por acciones, con las que se proponía indemnizar a sus acreedores mediante maniobras más o menos hábiles, Nucingen podría haber levantado sospechas, pero se las apañó de forma mucho más astuta, hizo que fuese otro quien crease esa maquinaria destinada a convertirse en el Mississippi del sistema de Law. Lo característico de Nucingen es que pone a los más hábiles de la plaza al servicio de sus proyectos sin informarles de ellos. Nucingen dejó, pues, que se le escapara delante de Du Tillet la idea piramidal y triunfante de organizar una empresa por acciones constituyendo un capital lo bastante considerable para poder liquidar intereses muy cuantiosos a los accionistas durante los primeros tiempos. Este apaño, probado por vez primera en un momento en que abundaban los capitales pazguatos, debía producir una subida de las acciones y, en consecuencia, un beneficio para el banquero que las emitía. Pensad que éstas son cosas de 1826. Aunque le llamó la atención una idea tan fecunda como ingeniosa, Du Tillet pensó lógicamente que, si la empresa no tenía éxito, alguien los censuraría. Sugirió, pues, poner en evidencia a un director visible de aquel mecanismo comercial. Ya estáis en la actualidad al tanto del secreto de la Casa Claparon que fundó Du Tillet, ¡uno de sus mejores inventos!...

—Sí —dijo Blondet—, el editor responsable en finanzas, el agente provocador, el chivo expiatorio; pero ahora lo hacemos mejor; ponemos: Razón en las oficinas de la cosa, calle tal, número tal, en donde el público se encuentra con empleados de viseras verdes, tan agradables como unos alguaciles.

—Nucingen había apoyado la Casa Charles Claparon con todo su crédito —siguió Bixiou—. Se podía colocar sin temor en unas cuantas plazas un millón de papel Claparon. Du Tillet propuso entonces destacar la Casa Claparon. Dicho y hecho. En 1825, nadie mimaba aún al accionista en los conceptos industriales. ¡Aún no se conocían los capitales circulantes! Los gerentes no se imponían la obligación de no emitir sus acciones con derecho a dividendo, no depositaban nada en el banco, no garantizaban nada. Nadie se dignaba explicar la comandita diciéndole al accionista que tenían la bondad de no pedirle más de mil, de quinientos, o incluso de doscientos cincuenta francos. No se hacía público que el experimento in ære publico no iba a durar más de siete años, cinco años o incluso tres años y que, lo tanto, el desenlace no se haría esperar mucho tiempo. ¡Era la infancia del arte! Ni tan siquiera se recurría a la publicidad de esos gigantescos anuncios con los que se estimula la imaginación pidiéndole dinero a todo el mundo...

—Eso pasa cuando nadie quiere darlo —dijo Couture.

—Y, finalmente, en esa clase de empresas no existía la competencia —siguió diciendo Bixiou—. Los fabricantes de cartón piedra, de estampación de indiana, los laminadores de cinc, los teatros, los periódicos no se abalanzaban como perros sobre los despojos del accionista agonizante. Los espléndidos negocios por acciones, tan ingenuamente dados a conocer, como dice Couture, que contaban con el apoyo de personas expertas (¡los príncipes de la ciencia! ...), se realizaban como algo vergonzoso, calladamente y a la sombra de la Bolsa. Los buitres ejecutaban, hablando en términos financieros, el aria de la calumnia del Barbero de Sevilla. Iban piano, piano, a golpe de someros rumores acerca de la bondad del negocio, transmitidos de oído a oído. No explotaban al accionista sino a domicilio, en la Bolsa o en las reuniones de sociedad, mediante ese rumor hábilmente lanzado y que se ampliaba hasta el tutti de una cotización de cuatro cifras...

—Pero aunque estemos entre nosotros y podamos decir lo que sea, vuelvo sobre el asunto —dijo Couture.

—¿Es usted orfebre, señor Josse? —dijo Finot.

—Finot nunca dejará de ser clásico, constitucional y pasado de moda —dijo Blondet.

—Sí, soy orfebre —añadió Couture, por cuenta de quien acababa de condenar a Cerizet el Tribunal Correccional—. Afirmo que el nuevo sistema es infinitamente menos traidor, más leal, menos asesino que el antiguo. La publicidad permite reflexión y examen. Si algún accionista se lo traga será porque lo ha hecho deliberadamente, nadie le habrá dado gato por liebre. La industria...

—¡Vaya, ya empezamos con la industria! —exclamó Bixiou.

—La industria sale ganando —prosiguió Couture sin fijarse en la interrupción—. Todo gobierno que se meta en el comercio y no le deje libertad, se mete en una onerosa necedad: acabará en los máximos o en el Monopolio. ¡Opino que no existe nada más conforme a los principios de la libertad de comercio que las sociedades por acciones! Meterse con ellas equivale a querer responder del capital y de los beneficios, lo cual es una estupidez. ¡En cualquier negocio los beneficios son proporcionales a los riesgos! ¿Qué le importa al Estado la forma en que se consigue el movimiento rotatorio del dinero con tal de que esté continuamente activo? Por lo demás, hace ya veinte años que las sociedades por acciones, las comanditas, las primas en cualquiera de sus modalidades, existen en el país más comercial del mundo, en Inglaterra, en donde todo se pone en entredicho, en donde las Cámaras paren mil o mil doscientas leyes por sesión y en donde nunca un miembro del Parlamento se ha puesto de pie para hablar en contra del sistema...

—Curativo de las cajas fuertes llenas mediante el arma blanca —dijo Bixiou—: ¡El sablazo!

—Pero ¡qué barbaridad! —dijo Couture enardecido—. Tienes diez mil francos, compras diez acciones, cada una de mil francos, en diez empresas diferentes. Te roban nueve veces... (¡Cosa que no sucede! ¡El público es más listo que nadie! Pero es una suposición). Y uno solo de los negocios sale bien. (¡Por casualidad! ¡De acuerdo! ¡Habrá sido sin querer! ¡Venga! ¿Es una broma?). Bueno, pues el mandarín que ha tenido la prudencia suficiente para dividir así sus huestes da con una inversión soberbia, como les pasó a quienes compraron minas de Wortschin. Señores, admitamos entre nosotros que los que chillan son unos hipócritas desesperados porque no tienen a mano ni la idea de un negocio ni la posibilidad de lanzarla ni maña para sacarle partido. La demostración no tardará en llegar. Dentro de poco veremos a la aristocracia, a los cortesanos, a los ministeriales bajando en prietas filas hacia la especulación y tendiendo manos más engarfiadas y ocurriéndoseles ideas más retorcidas que las nuestras, pero careciendo de nuestra superioridad. ¿Qué cabeza se necesita para crear un negocio en una época en que la avidez del accionista iguala a la del inventor? ¡Qué tremendo magnetizador tiene que ser el hombre que crea a un Claparon, que da con nuevas tretas! ¿Sabéis la moraleja de todo esto? ¡Nuestra época no vale más que nosotros! Vivimos tiempos de avidez en los que a nadie preocupa el valor de la cosa propiamente dicha si puede sacar alguna ganancia pasándosela al vecino. ¡Y se la pasan al vecino porque la avidez del accionista que cree en la ganancia es tanta como la del fundador que se la propone!

—Pero ¡qué estupendo es Couture, qué estupendo! —le dijo Bixiou a Blondet—. Va a pedir que le hagan estatuas como benefactor de la Humanidad.

—Habría que hacer que llegase a la conclusión de que el dinero de los tontos es, por derecho divino, el patrimonio de las personas de ingenio —dijo Blondet.

—Señores —prosiguió Couture—, riamos aquí para compensar toda la seriedad que mostraremos en otras partes cuando oigamos hablar de las respetables necedades que consagran las leyes hechas de sopetón.

—Tiene razón. ¡Qué tiempos éstos, señores —dijo Blondet—, unos tiempos en los que, en cuanto aparece la llama de la inteligencia, la apagan en el acto aplicando una ley de circunstancias! Los legisladores, que salen casi todos de una provincia pequeña en donde han estudiado la sociedad en los periódicos, encierran el fuego dentro la máquina. ¡Y cuando la máquina explota, entonces es el llanto y el crujir de dientes! ¡Una época en que no se hacen más que leyes fiscales y penales! ¿Queréis la clave verdadera de lo que está sucediendo? ¡Ya no hay religión en el Estado!

—¡Ah! —dijo Bixiou—. ¡Bravo, Blondet! Has puesto el dedo en la llaga de Francia: la fiscalidad, que ha arrebatado a nuestro país más conquistas que las mortificaciones de la guerra. En el Ministerio en que estuve ocho años de galeote, metido entre burgueses, había un empleado, un hombre de talento, que había resuelto cambiar todo el sistema de la hacienda pública… ¡Ay, pero enseguida nos lo quitamos de encima! Le habría venido demasiado bien a Francia, se habría puesto a reconquistar Europa y habríamos laborado por la tranquilidad de las naciones. ¡Me cargué al Rabourdin ese con una caricatura!

—Cuando digo religión no estoy soltando trivialidades piadosas. Entiendo la palabra en el sentido de la razón de Estado —añadió Blondet.

—¡Explícate! —dijo Finot.

—Me explico —siguió diciendo Blondet—. Se ha hablado mucho de los asuntos de Lyón, de la República cañoneada en las calles, pero nadie ha dicho la verdad. La República se había adueñado del motín igual que un insurrecto se apodera de un fusil. La verdad os digo que es peculiar y profunda. El comercio de Lyón es un comercio sin alma, que no se pone a fabricar un metro de seda si no se lo han encargado antes y está seguro de cobrarlo. Cuando deja de haber encargos, el obrero se muere de hambre; cuando trabaja apenas si gana lo suficiente para vivir, los galeotes viven mejor que él. Tras la revolución de julio, la miseria llegó a un punto tal que los operarios de la seda enarbolaron la bandera: ¡Pan o muerte!, una de esas proclamas que el gobierno habría debido tomar en cuenta pues la provocaba lo cara que estaba la vida en Lyón. Lyón quiere construir teatros y llegar a capital, y de ahí esas cargas insensatas sobre los consumos. Los republicanos se olieron la algarada que tenía que ver con el pan y organizaron a los operarios, que batallaron por partida doble. Lyón tuvo sus tres días de levantamiento, pero todo volvió al orden establecido y los sederos a sus cuchitriles. El obrero de la seda había sido siempre probo y devolvía en forma de tejido la seda que le entregaban pesada en madejas, pero dio con la puerta en las narices a la probidad al pensar que los negociantes se cebaban en él y empezó a devolver el peso entregado, pero vendió la seda que sustituía por aceite y el comercio de la sedería francesa se vio infestado de tejidos engrasados, lo que habría podido llevar a la ruina a Lyón y a toda una rama del comercio francés. Los fabricantes y el gobierno, en vez de atajar la causa del mal hicieron lo que algunos médicos: camuflar el mal con un virulento tópico. ¡Era necesario enviar a Lyón a un hombre hábil, a una de esas personas a las que llaman inmorales, un padre Terray, pero en lo que se pensó fue en el aspecto militar! De los motines salieron los gros-grain de Nápoles a dos francos el metro. Estos gros-grain de Nápoles se venden hoy, ya lo creo, y no cabe duda de que los fabricantes habrán ideado a saber qué procedimiento de control. Ese sistema de fabricación sin previsión alguna tenía que ocurrir en un país en donde Richard Lenoir, uno de los mejores ciudadanos que haya tenido Francia, se arruinó por haber proporcionado trabajo a mil obreros sin encargos previos, haberles dado de comer y haberse topado con ministros lo bastante estúpidos para dejar que sucumbiera durante la revolución que trajo consigo, en el precio de los tejidos, el año 1814. Ése es el único caso en que un negociante se haya merecido una estatua. Pues bien, para ese hombre hay hoy en día una suscripción sin suscriptores, mientras que les han dado un millón a los hijos del general Foy. Lyón es consecuente, sabe cómo es Francia y que no tiene sentimiento religioso alguno. La historia de Richard Lenoir es uno de esos errores que a Fouché le parecían peores que un crimen.

—Si en la forma en que se presentan los negocios —prosiguió Couture, volviendo al punto en que se había quedado antes de la interrupción— se da un punto de charlatanería, palabra esta que se ha convertido en ofensiva y está a caballo en el muro que separa lo justo de lo injusto, pues yo pregunto en dónde empieza y en dónde acaba la charlatanería y qué es la charlatanería. Tened la bondad de decirme quién no es charlatán. Veamos, un poco de buena fe, que es el ingrediente social que más escasea. El comercio que consistiera en ir a buscar de noche lo que se vendiera durante el día sería un contrasentido. Un vendedor de cerillas tiene el instinto de acaparar. En acaparar la mercancía es en lo que piensan el tendero de la calle de Saint-Denis considerado el más virtuoso y el especulador considerado el más descarado. Cuando los comercios están llenos hay necesidad de vender. Para vender, hay que incitar a los parroquianos, de ahí los rótulos de la Edad Media y, en la actualidad, los prospectos. ¡Entre atraer a la clientela y obligarla a entrar y a consumir no veo ni un adarme de diferencia! Puede suceder, debe suceder, sucede con frecuencia que hay comerciantes que cargan con mercancías en mal estado porque los vendedores engañan continuamente a los compradores. Pues bien, preguntad a las personas más honradas de París, a los notables del comercio, vamos… Todos os contarán triunfalmente qué artimaña se han buscado en casos así para dar salida a la mercancía cuando se la vendieron deteriorada. La famosa Casa Minard empezó con ventas de ésas. La calle de Saint-Denis sólo os venderá un vestido de seda engrasada, no da para más. Los negociantes más virtuosos os dicen con la expresión más candorosa esta frase que es muestra de la falta de honradez más desenfrenada: Cada cual sale de un mal negocio como puede. Blondet os ha descrito los negocios de Lyón desde el punto de vista de sus causas y de sus consecuencias; yo voy a demostrar la aplicación de mi teoría con una anécdota. Un obrero de la lana, ambicioso y a quien ha acribillado de hijos una mujer a la que quiere demasiado, cree en la República. Mi hombre compra lana roja y fabrica esas gorras de punto que habréis podido verles en la cabeza a todos los golfillos de París, y os voy a decir por qué. La República resulta vencida. Después del caso Saint-Méry, no había quien vendiera esas gorras. Cuando un obrero se encuentra con que tiene en casa mujer, hijos y diez mil gorras de lana roja de las que ya no quieren saber nada los sombrereros de ninguna tendencia, se le pasan por la cabeza tantas ideas como podrían venirle a un banquero atiborrado con diez millones de acciones que tiene que colocar en un negocio del que no se fía. ¿Sabéis lo que hizo ese obrero, ese Law arrabalero, ese Nucingen de las gorras? Se fue a ver a un dandi de taberna, uno de esos guasones que desesperan a los agentes de policía en los bailes de los merenderos de las puertas de París y le rogó que interpretase el papel de un capitán americano, un buhonero alojado en el hotel Meurice, y fuera a interesarse por diez mil gorras de lana roja a la sombrerería de un acaudalado comerciante que tenía aún una en el escaparate. El sombrerero se huele negocios con América, acude al obrero y se abalanza, dinero en mano, sobre las gorras. Como ya podréis imaginaros no volvió a ver a ningún capitán americano, pero sí vio muchas gorras. ¡Meterse con la libertad comercial por inconvenientes de ésos sería como meterse con la justicia so pretexto de que hay delitos que no castiga o acusar a la sociedad de estar mal organizada debido a las desgracias que engendra! ¡De las gorras y de la calle de Saint-Denis a las acciones y a la Banca: sacad vuestras conclusiones!

—Couture, una corona —dijo Blondet poniéndole en la cabeza su servilleta enroscada—. Voy más allá, señores. Si la teoría actual está viciada, ¿quién tiene la culpa? ¡La Ley! La Ley desde el punto de vista de todo su sistema; la legislación; esos grandes hombres de distrito que la policía manda henchidos de ideas éticas, de ideas indispensables para andar por la vida sin tener que pelear con la justicia, pero necias en cuanto impidan a un hombre alzarse hasta donde debe situarse el legislador. Las leyes podrán prohibir a las pasiones esta o aquella expansión (el juego, la lotería, las Ninon Lenclos de encrucijada, lo que os parezca), pero nunca extirparán las pasiones. Matar las pasiones sería matar la sociedad que, aunque no las engendre, al menos les da auge. Si, por ejemplo, ponéis trabas, mediante ciertas restricciones, al ansia por jugar que se halla en lo hondo de todos los corazones, en la joven, en el hombre de provincias, y también en el diplomático, pues todo el mundo desea conseguir una fortuna gratis, el juego se ejerce en el acto en otros ámbitos. Suprimís tontamente la lotería, pero no por eso las cocineras dejan de sisar; llevan las sisas a una Caja de Ahorros y su apuesta es de doscientos cincuenta francos en vez de ser de dos, pues las acciones industriales, las comanditas, se convierten en la lotería, en el juego sin tapete, pero con un rastrillo invisible y un empate calculado. ¡Se han cerrado las casas de juego, ha dejado de existir la lotería, cuánto más moral es Francia ahora, exclaman los imbéciles, como si hubieran suprimido a los mandarines! ¡Todo el mundo sigue jugando, pero el beneficio ya no va al Estado, que sustituye un impuesto pagado con gusto por un impuesto enojoso sin que por ello disminuyan los suicidios, pues no es el jugador quien muere, sino su víctima! ¡Por no mencionar los capitales que se van al extranjero y pierde Francia, ni las loterías de Francfort contra cuyos mediadores dictó pena de muerte la Convención y en cuya circulación participaban los procuradores síndicos! Por ahí se orienta la ñoña filantropía de nuestros legisladores. El apoyo a las Cajas de Ahorros es una tremenda tontería política. Pensemos en la posibilidad de una alarma cualquiera en el desarrollo de los negocios y el gobierno habrá creado la cola del dinero de la misma forma que se creó durante la Revolución la cola del pan. Habrá tantas algaradas como Cajas haya. Bastará con que en una esquina tres golfillos alcen una bandera para que surja una revolución. Pero ese peligro, por muy grande que sea, me parece aún menor que el de que el pueblo pierda la ética. Una

Caja de Ahorros es la inoculación de los vicios que engendra el interés en personas a cuyas componendas tácitamente criminales no ponen tope ni la educación ni el razonamiento. Y ahí tenéis las consecuencias de la filantropía. Un gran político tiene que ser un sinvergüenza abstracto, pues, en caso contrario, las sociedades se rigen torcidamente. Un político honrado es una máquina de vapor con sentimientos, o un piloto que copulase sin soltar el timón: el barco se iría a pique. ¿No es acaso preferible un primer ministro que se queda con cien millones, pero hace a Francia grande y feliz, a un ministro al que entierran de caridad, pero ha arruinado al país? ¿Os cabría alguna duda entre Richelieu, Mazarin o Potemkin, que tuvieron, cada cual en su época, trescientos millones, y el virtuoso Robert Lindet que no supo sacarles partido ni a los asignados ni a los bienes nacionales o los virtuosos imbéciles que causaron la pérdida de Luis XVI? Sigue con lo tuyo, Bixiou.

—No os explicaré —prosiguió Bixiou— en qué consistía la empresa que ideó la genialidad financiera de Nucingen, sería tanto más inadecuado cuanto que existe aún hoy en día y sus acciones se cotizan en Bolsa; los cálculos fueron tan reales y el objeto de la empresa tan vivaz que esas acciones, creadas por real providencia, salieron con un capital nominal de mil francos, bajaron a trescientos, subieron a setecientos y se pusieron a la par tras haber capeado las tormentas de los años 27, 30 y 32. La crisis financiera de 1827 las debilitó, la Revolución de julio las hundió, pero el negocio lleva posibilidades reales en las tripas (Nucingen no sería capaz de inventar un negocio que no fuera bueno). En fin, como varias Bancas de primera magnitud participaron, no sería parlamentario entrar en más detalles. El capital nominal fue de diez millones y el real de siete; tres pertenecían a los fundadores y a los banqueros a cuyo cargo corría la emisión de las acciones. Se calculó todo para que los accionistas ganasen en los seis primeros meses doscientos francos con el pago de un dividiendo falso, es decir, el veinte por ciento de diez millones. Los intereses de Du Tillet fueron de quinientos mil francos. En la jerga financiera, ese pastel se llama la parte del tragón. Nucingen tenía la intención de operar con sus millones hechos con una mano de papel rosa y una piedra de litografiar, unas bonitas acciones por colocar, que guardaba celosamente en su despacho. Las acciones reales habían de valer para crear el negocio, comprar un palacete suntuoso y comenzar con las operaciones. Nucingen dio también con acciones de no sé qué minas de plomo argentífero, unas minas de hulla y dos canales, acciones beneficiarias emitidas para lanzar a esas cuatro empresas en plena actividad, excelentemente organizadas y con prestigio merced al dividendo, sacado del capital. Nucingen podía contar con un descuento si las acciones subían, pero el barón no lo tuvo en cuenta en sus cálculos, lo dejaba en la plaza, a flor de agua, para atraer a los peces. Agrupó, por lo tanto, sus valores, igual que Napoleón agrupaba a sus tropas, para proceder a la liquidación durante la crisis que amagaba y revolucionó en los años 26 y 27 las plazas europeas. Si hubiera tenido su príncipe de Wagram habría podido decir lo mismo que Napoleón desde la cima de Le Santon: Fíjense bien en la plaza porque tal día y a tal hora habrá valores desparramados. Pero ¿a quién podría haberle hecho confidencias? Du Tillet no se olió aquel involuntario compadreo. Las dos primeras liquidaciones le habían demostrado a nuestro poderoso barón la necesidad de tener consigo a un hombre que pudiera servirle de pistón para influir en los acreedores. Nucingen no tenía sobrinos y no se atrevía a tener confidentes, necesitaba a una persona entregada, un Claparon inteligente y de buenos modales, un auténtico diplomático, un hombre digno de ser ministro y digno de él. Alianzas así no cuajan en un día ni en un año. El barón enredó tan bien entonces a Rastignac que éste, lo mismo que el príncipe de la Paz, a quien querían por igual el rey y la reina de España, creyó que en Nucingen tenía a un valiosísimo embaucado. Después de haberse reído de un hombre de cuyo alcance tardó mucho en percatarse, acabó por consagrarle un culto circunspecto y serio al reconocer en él esa fuerza que había creído sólo suya. Desde sus principios en París, Rastignac se vio abocado a despreciar a toda la sociedad. Ya en 1820, opinaba igual que el barón que no hay sino apariencias de hombres honrados y consideraba el mundo como una reunión de todas las corrupciones y todas las canalladas. Admitía alguna excepción, pero condenaba a la masa: no creía en virtud alguna, sino en circunstancias en las que el hombre es virtuoso. Aquella ciencia suya fue cosa de un instante: la adquirió en la parte alta de Le Père-Lachaise el día en que acompañó a un infeliz hombre honrado, el padre de su Delphine, que había muerto embaucado por nuestra sociedad, engañándose con los sentimientos más auténticos y abandonado por sus hijas y sus yernos. Decidió estafar a todo ese mundo e intervenir en él ataviado con el traje de gala de la virtud, la probidad y los exquisitos modales. El egoísmo armó de pies a cabeza a aquel joven noble. Cuando este individuo se topó con Nucingen vestido con la misma armadura, lo valoró, lo mismo que en la Edad Media, durante un torneo, un caballero montado en un caballo de silla árabe habría valorado a un adversario adobado y montado como él. Pero durante una temporada se aflojó en las delicias de Capua. La amistad de una mujer como la baronesa de Nucingen es tal que lleva a la abjuración de cualquier egoísmo. Tras esa primera vez en que vio traicionados sus afectos en su relación con esa maquinaria de Birmingham que era el difunto De Marsay, Delphine tuvo que sentir un apego ilimitado por un hombre joven y con todas las religiones de provincias. Ese amor repercutió en Rastignac. Cuando Nucingen le hubo pasado al amigo de su mujer el arnés que todo explotador le pone al explotado, cosa que sucedió precisamente en el momento en que estaba dándole vueltas a su tercera liquidación, le contó confidencialmente la postura en que se hallaba y le planteó como una obligación derivada de su intimidad, como una reparación, el papel de compadre que tenía que aceptar y que interpretar. Al barón le pareció arriesgado dar a conocer el plan que tenía a su colaborador conyugal. Rastignac creyó que había sucedido una desgracia y el barón dejó que creyese que estaba salvando el banco. Pero, cuando una madeja tiene tantos hilos, se hacen nudos. Rastignac temió por la fortuna de Delphine: puso como condición la independencia de la baronesa y exigió una separación de bienes, jurándose a sí mismo que la resarciría triplicándole su fortuna. Como Eugène no decía nada de sí mismo, Nucingen le rogó que aceptase, en caso de éxito pleno, veinticinco acciones, de mil francos cada una, de las minas de plomo argentífero y Rastignac las aceptó para no ofenderlo. Nucingen le había estado predicando a Rastignac la víspera de aquella velada en que nuestro amigo incitó a Malvina a casarse. Pensando en aquellas cien familias felices que transitaban por París, tranquilas en lo que a su fortuna se refería, los Godefroid de Beaudenord, las De Aldrigger, los De Aiglemont, etc., sintió Rastignac un escalofrío, igual que un general joven que contempla por vez primera un ejército antes de la batalla. Aquella pobre niña, Isaure, y Godefroid jugando a los enamorados, ¿no simbolizaban acaso a Acis y Galatea al alcance de la roca que el gigantesco Polifemo les va a tirar?...

—Este simio de Bixiou casi tiene talento —dijo Blondet.

—Ah, ¿así que ya no me ando con juegos frívolos? —preguntó Bixiou, disfrutando de su éxito—. Godefroid llevaba dos meses —siguió diciendo tras la interrupción— entregado a todas las menudas satisfacciones de un hombre que se va a casar. Nos parecemos en esos casos a esos pájaros que hacen el nido en primavera, van y vienen, recogen briznas de paja, las transportan en el pico y acolchan la morada de sus huevecillos. El futuro de Isaure había alquilado en la calle de La Planche un palacete de mil escudos, cómodo, adecuado, ni muy grande ni muy pequeño. Iba todas las mañanas a ver cómo trabajaban los obreros y a vigilar a los pintores. Había introducido el comfort, lo único bueno que hay en Inglaterra: un calorífero para que reinara en el domicilio una tibieza homogénea; unos muebles bien escogidos, ni demasiado espléndidos ni demasiado elegantes; colores alegres y gratos a la mirada; estores y persianas por dentro y por fuera de todas las ventanas; cubertería de plata; coches nuevos. Hizo reformas en la cuadra, en el almacén de guarniciones, en las cocheras, por donde Toby, Joby, Paddy andaba como loco y bullía como una marmota frenética, encantado de la vida de que fuera a haber mujeres en casa y una lady. Este apasionamiento del hombre que pone casa, escoge relojes de sobremesa, va a ver a su futura con los bolsillos llenos de muestras de telas, la consulta acerca del mobiliario del dormitorio, va y viene al trote azuzado por el amor, es una de las cosas que más alegran a los corazones cabales y, sobre todo, a los proveedores. Y, como no hay nada que más agrade a la gente que la boda de un buen mozo de veintiséis años con una encantadora jovencita de veinte que baila bien, Godefroid, dudoso en cuanto a los regalos de pedida, invitó a comer a Rastignac y a la señora Nucingen para consultarlos acerca de asunto de importancia tan primordial. Tuvo la excelente idea de recabar también la presencia de su primo De Aiglemont y su mujer, así como de la señora Serisy. A las mujeres de mundo les gusta sobremanera echar una cana al aire de vez en cuando en los pisos de soltero y almorzar allí.

—Es su forma de hacer novillos —dijo Blondet.

—Estaba previsto ir a la calle de La Planche a ver el palacete de los futuros contrayentes —siguió diciendo Bixiou—. Las mujeres son en lo tocante a excursioncitas de ésas igual que los ogros para la carne fresca, se remozan su presente con esa alegría joven que el goce no ha ajado todavía. La mesa estaba puesta en el saloncito que adornaron como un caballo de procesión para aquel entierro de la vida de soltero. Se encargó un almuerzo que brindara esos atractivos platos ligeros que a las mujeres les gusta comer, picotear, chupar por las mañanas, que es un momento en que tienen un tremendo apetito, pero no quieren admitirlo pues es como si se comprometiesen diciendo: «¡Tengo hambre!». «¿Y por qué solo?», dijo Godefroid al ver llegar a Rastignac. «La señora Nucingen está triste, ya te lo contaré», contestó Rastignac que parecía hombre disgustado, «¿Pelea tenemos?», exclamó Godefroid. «No», dijo Rastignac. A las cuatro, tras alzar el vuelo las mujeres rumbo al Bosque de Boulogne, Rastignac se quedó en el salón y miró melancólicamente por la ventana a Toby, Joby, Paddy, que estaba audazmente a pie firme ante el caballo enganchado al tílburi; con los brazos cruzados como Napoleón, no podía refrenarlo sino con su voz aguda, y el caballo temía a Joby, Tody. «¡Bien, querido amigo! ¿Qué te pasa? —preguntó Godefroid a Rastignac—. Estás taciturno, preocupado, tu alegría no es sincera. ¡Te lastima el alma la dicha incompleta! Desde luego que es muy triste no casarse en el ayuntamiento y en la iglesia con la mujer amada». «¿Tienes valor, amigo mío, para oír lo que tengo que decirte y sabrás darte cuenta de hasta qué punto hay que tener afecto por alguien para cometer la indiscreción en que voy a caer?», le dijo Rastignac con ese tono que parece un latigazo. «¿Qué sucede?», preguntó Godefroid poniéndose pálido. «Me apenaba presenciar tu alegría y no soy capaz, viendo todos estos preparativos, esta dicha en flor, de guardarme un secreto como éste». «Di lo que sea en tres palabras». «Júrame por tu honor que serás mudo como una tumba». «Como una tumba». «Y que si a cualquiera de quienes te tocan de cerca le afectase este secreto, no se enterará». «No se enterará». «Bien, pues Nucingen salió anoche para Bruselas. Habrá que suspender pagos si no resulta posible la liquidación. Delphine acaba de solicitar esta misma mañana en el Palacio de Justicia la separación de bienes. Aún estás a tiempo de salvar tu fortuna». «¿Cómo?», preguntó Godefroid notando que la sangre se le volvía hielo en las venas. «Pues basta con que le escribas al barón de Nucingen una carta con fecha de hace quince días en la que le des la orden de emplear todos tus fondos en acciones —y le dio el nombre de la sociedad Claparon—. Tendrás quince días, un mes, tres meses quizá para venderlas por encima de la cotización actual, y se revalorizarán». «Pero ¿y De Aiglemont, que ha almorzado con nosotros, De Aiglemont que tiene un millón en el banco de Nucingen?». «Mira, no sé si hay bastantes acciones de ésas para cubrirlo y, además, no soy amigo suyo y no puedo traicionar los secretos de Nucingen; no puedes contarle nada. Si dices una palabra, me respondes de las consecuencias». Godefroid se quedó diez minutos completamente inmóvil. «¿Aceptas o no aceptas?», le dijo despiadadamente Rastignac. Godefroid tomó una pluma y tinta y escribió y firmó la carta que le dictó Rastignac. «¡Pobre primo mío!», exclamó. «Cada cual tiene que mirar por sí», dijo Rastignac. «¡Bueno, uno que ya está colocado!», añadió al dejar a Godefroid. Mientras Rastignac enredaba por París, éste es el aspecto que presentaba la Bolsa. Tengo un amigo de provincias, un sandio que me preguntaba al pasar por la Bolsa entre las cuatro y las cinco el porqué de esa aglomeración de conversadores que van y vienen, qué pueden estarse diciendo y por qué siguen deambulando después de la irrevocable fijación de la cotización de los valores públicos. «Amigo mío —le dije—, han almorzado y están en plena digestión; mientras la hacen, cotillean acerca del vecino; sin eso no existiría en París seguridad comercial. Ahí se lanzan los negocios y hombres hay, Palma por ejemplo, cuya autoridad es semejante a la de Sinard en la Real Academia de Ciencias. ¡Dice: hágase la especulación y la especulación se hace!».

—¡Qué hombre, señores! —dijo Blondet—. ¡Qué cultura posee este judío, no ya universitaria, sino universal! En él, la universalidad no quita para la hondura; lo que sabe, lo sabe a fondo; su genio para los negocios es intuitivo; es la máxima referencia para los buitres que imperan en la plaza de París y no se meten en un asunto hasta que lo ha visto Palma. Es circunspecto, escucha, estudia, piensa y dice a su interlocutor, quien, en vista de tanta atención, piensa que está en el bote: No me interesa. Lo que me parece más extraordinario es que, después de haber sido durante diez años socio de Werbrust, nunca hubo nubes entre ellos.

—Es algo que no sucede sino entre gente o muy fuerte o muy débil; cuantos hay entre ambos se pelean y no tardan en separarse como enemigos —dijo Couture.

—Ya os imagináis —dijo Bixiou— que Nucingen había soltado sabiamente y con mano hábil bajo las columnas de la Bolsa un obús pequeño que estalló a eso de las cuatro. «¿Está usted enterado de una noticia grave? —le dijo Du Tillet a Werbrust llevándoselo a un rincón—. Nucingen está en Bruselas y su mujer ha presentado ante los tribunales una petición de separación de bienes». «¿Es usted su compadre para una liquidación?», preguntó Werbrust sonriente. «Dejémonos de tonterías, Werbrust —dijo Du Tillet—, ya sabe quiénes tienen papel suyo; atienda, tenemos un negocio que organizar. Las acciones de nuestra nueva sociedad ganan un veinte por ciento y ganarán un veinticinco a finales del trimestre, ya sabe por qué, reparten un dividendo espléndido». «Pillastre —dijo Werbrust—, siga, siga y no se pare, que es usted un demonio de garras largas y puntiagudas y las está clavando en mantequilla». «Pero déjeme hablar o no nos dará tiempo a operar. Se me acaba de ocurrir la idea al enterarme de la noticia y puedo asegurarle que he visto a la señora Nucingen hecha un mar de lágrimas; teme por su fortuna». «¡Pobrecilla! —dijo Werbrust con expresión irónica—. ¡Bien! ¿Y qué?», añadió el viejo judío alsaciano, preguntando a Du Tillet, que callaba. «Pues que tengo en mis manos mil acciones de mil francos que Nucingen me dio para que las colocara, ¿entiende?». «¡Bueno!». «Vamos a comprar con diez o veinte por ciento de descuento papel de la Casa Nucingen por valor de un millón; nos ganaremos una buena prima sobre ese millón, pues seremos deudores y acreedores y habrá confusión. Pero movámonos con astucia porque quienes las tienen podrían creer que maniobramos en provecho de Nucingen». Werbrust entendió entonces la jugada y le estrechó la mano a Du Tillet lanzándole la mirada de una mujer que le gasta una broma maliciosa a la vecina. «¿Qué? ¿Ya saben la noticia? —les dijo Martin Falleix—. La Casa Nucingen suspende pagos». «¡Bah! —repuso Werbrust—. No ande propalando eso, deje que la gente que tiene papel suyo se dedique a sus negocios». «¿Están enterados de la causa del desastre?», preguntó Claparon, interviniendo en la conversación. «Tú no sabes nada —le dijo Du Tillet—. No habrá el mínimo desastre; sino un pago integral. Nucingen volverá a los negocios y hallará en mi Casa cuantos fondos quiera. Estoy al tanto del porqué de la suspensión: dispuso de todos sus capitales en favor de México, que le entrega metales, cañones españoles tan torpemente fundidos que hay en ellos oro, campanas, plata de iglesia, todos los restos de la monarquía española en las Indias. El regreso de esos valores se retrasa y nuestro querido barón está apurado, eso es todo». «Es cierto —dijo Werbrust—. Me quedo con su papel con un veinte por ciento de descuento». Corrió entonces de boca en boca la noticia con la rapidez del fuego en un almiar. Se decían las cosas más contradictorias. Pero reinaba una confianza tal en la Casa Nucingen, debido aún a las dos liquidaciones anteriores, que nadie soltaba el papel Nucingen. «Tiene que echarnos una mano Palma», dijo Werbrust. Palma era el oráculo de los Keller, que estaban atiborrados de valores Nucingen. Bastaría con un aviso de alarma suyo. Werbrust obtuvo de Palma que diera un toque de rebato. Al día siguiente cundía la alarma en la Bolsa. Los Keller, por consejo de Palma, cedieron sus valores con un diez por ciento de descuento y su autoridad se impuso en la Bolsa pues todo el mundo sabía que hilaban muy fino. A partir de ese momento, Taillefer vendió trescientos mil francos a un veinte por ciento; Martin Falleix, doscientos mil a un quince por ciento. ¡Gigonnet se olió la jugada! Atizó el pánico para hacerse con papel Nucingen y ganarse un dos o tres por ciento cediéndoselo a Werbrust. Divisó, en un rincón de la Bolsa, al pobre Matifat que tenía trescientos mil francos en la Casa Nucingen. Al droguero, pálido y demudado, le dieron escalofríos cuando vio que se le acercaba el terrible Gigonnet, el prestamista de su antiguo barrio, que acudía para serrarlo en dos pedazos. «¡Mal andan las cosas, se va esbozando la crisis! ¡Nucingen está de ajuste final! Pero eso no va con usted, amigo Matifat. Usted ya está retirado de los negocios». «Pues se equivoca, Gigonnet; tengo pillados trescientos mil francos con los que pensaba operar en títulos de renta española». «Pues los acaba de salvar. La renta española lo habría desplumado. Mientras que yo le daría algo por su cuenta con Nucingen, digamos un cincuenta por ciento». «Prefiero ver venir la liquidación —respondió Matifat —. Ningún banquero dio nunca menos del cincuenta por ciento. ¡Ay, si sólo se tratase de un diez por ciento de pérdida!», dijo el ex droguero. «¿Le interesa un quince?», dijo Gigonnet. «Mucha prisa parece tener usted» dijo Matifat. «Buenas tardes» dijo Gigonnet. «¿Le interesa un doce?». «Bien está», dijo Gigonnet. Se volvieron a comprar a última hora de esa tarde dos millones y Du Tillet los metió en la Casa Nucingen por cuenta de los tres socios accidentales, que cobraron la prima. La madura y agraciada baronesita De Aldrigger estaba almorzando con sus dos hijas y Godefroid cuando llegó con expresión diplomática Rastignac para sacar el tema de la crisis financiera. El barón de Nucingen tenía mucho afecto a la familia De Aldrigger y se las había ingeniado, en caso de desgracia, para cubrir la cuenta de la baronesa con sus mejores valores, acciones de las minas de plomo argentífero; pero para mayor seguridad de la baronesa, ésta debía pedirle que emplease de esa forma sus fondos. «Ese pobre Nucingen —dijo la baronesa—. ¿Y qué es lo que le ha pasado?». «Está en Bélgica; su mujer ha pedido una separación de bienes. Pero ha ido a buscar recursos de otros banqueros». «¡Dios mío! ¡Me recuerda a mi pobre marido! Querido señor Rastignac, ¡qué penoso debe de resultarle todo esto a usted que tiene tanto apego a esa casa!». «Con tal de que los ajenos queden a cubierto, sus amigos ya se verán compensados más adelante. El barón saldrá de ésta, es hombre hábil». «Honrado sobre todo», dijo la baronesa. Al cabo de un mes ya estaba acabada la liquidación del pasivo de la Casa Nucingen, sin más procedimiento que las cartas con las que todos solicitaban que se emplease su dinero en determinados valores y sin más formalidad por parte de las Casas de Banca que la entrega de los valores Nucingen a cambio de las acciones que iban hallando favor. Mientras tanto, Du Tillet, Werbrust, Claparon, Gigonnet y unos cuantos más que se creían muy sutiles traían de vuelta del extranjero con un uno por ciento de prima el papel de la Casa Nucingen, pues seguían sacando ganancia al cambiarlo por las acciones en alza y tanto más se rumoreaba, pues, en la plaza de París que nadie tenía ya nada que temer. La gente charlaba acerca de Nucingen, le pasaba revista, lo juzgaba, se las apañaba para calumniarlo. ¡Aquel lujo, aquellas empresas! Cuando un hombre se arriesga tanto, se echa a pique, etc. En lo más sonado de este tutti, unas cuantas personas se quedaron muy asombradas al recibir cartas de Ginebra, de Basilea, de Milán, de Nápoles, de Génova, de Marsella, de Londres, en las que sus corresponsales les comunicaban, no sin pasmo, que les estaban ofreciendo un uno por ciento de prima por el papel Nucingen cuya quiebra les habían comunicado. «Algo está pasando», dijeron los buitres. Los tribunales habían fallado la separación de bienes de Nucingen y su mujer. La cuestión se complicó aún más: la prensa anunció el regreso del señor barón de Nucingen que había ido a tratar con un famoso industrial belga para explotar antiguas minas de carbón mineral cuya actividad estaba a la sazón suspendida, los yacimientos de los bosques de Bossut. El barón volvió a presentarse en la Bolsa sin tomarse siquiera la molestia de desmentir los rumores calumniosos que habían corrido acerca de su Banca, desdeñó recurrir a los periódicos para hacer reclamaciones y compró por dos millones una espléndida finca a las puertas de París. Seis semanas después, el periódico de Burdeos anunció la entrada en el río de dos barcos cargados de metales por un valor de siete millones, por cuenta del barón de Nucingen. Palma, Werbrust y Du Tillet se dieron cuenta de que la jugada estaba rematada, pero fueron los únicos en entenderlo. Aquellos alumnos estudiaron la escenificación de aquel puff financiero, se percataron de que llevaba once meses preparado y proclamaron a Nucingen como el mayor financiero de Europa. Rastignac no entendió nada, pero había ganado cuatrocientos mil francos que Nucingen permitió que les esquilara a las ovejas parisinas y con los que dotó a sus dos hermanas. De Aiglemont, a quien había avisado Beaudenord, su primo, acudió a Rastignac para suplicarle que aceptase un diez por ciento de su millón si conseguía que ese millón se invirtiera en acciones de un canal que está aún por hacer, pues Nucingen embaucó tan bien al gobierno en este asunto que a los concesionarios del canal les interesa no acabarlo. Charles Grandet imploró al amante de Delphine que hiciera cuanto pudiese para convertir su dinero en acciones. En resumidas cuentas, Rastignac estuvo diez días interpretando el papel de Law, las duquesas más bonitas le rogaban que les proporcionase acciones y, en la actualidad, el muchacho puede tener cuarenta mil libras de renta que proceden de las acciones de las minas de plomo argentífero.

—Si todo el mundo sale ganando, ¿quién salió perdiendo? —dijo Finot.

—Conclusión —siguió diciendo Bixiou—: Al marqués De Aiglemont y a Beaudenord los engatusó el pseudodividendo que cobraron unos meses después de haber cambiado su dinero por aquellas acciones y las conservaron (os los cito como ejemplo de todos los demás), tenían un tres por ciento más de sus capitales, loaron a Nucingen y lo defendieron en cuanto se sospechó que iba a suspender pagos. Godefroid se casó con su querida Isaure y recibió acciones de las minas por valor de cien mil francos. Los Nucingen dieron un baile, con motivo de la boda, cuya esplendidez fue más allá de cuanto nadie hubiera podido imaginar. Delphine regaló a la recién casada un precioso aderezo de rubíes. Isaure no bailó ya como una muchacha, sino como una mujer feliz. La baronesita estuvo más pastora de los Alpes que nunca. Malvina, la mujer de ¿Habéis visto en Barcelona? oyó cómo Du Tillet le aconsejaba, muy seco, en pleno baile que fuera la señora Desroches. A Desroches lo azuzaron los Nucingen y Rastignac, e intentó hablar de los asuntos de interés, pero en cuanto oyó decir que la dote consistía en las acciones de las minas, rompió las negociaciones y se volvió hacia los Matifat. En la calle de Le Cherche-Midi, el procurador se encontró con las malditas acciones de los canales que Gigonnet le había colocado a Matifat en vez de darle dinero. Imagínate a Desroches topándose con el rastrillo de Nucingen en las dos dotes a las que apuntaba. No tardaron en empezar las catástrofes. La sociedad Claparon se metió en demasiados negocios, se presentó una obstrucción, dejó de pagar intereses y de dar dividendos aunque realizaba excelentes operaciones. Aquella desgracia se juntó con los acontecimientos de 1827. En 1829, Claparon era demasiado conocido para valer de hombre de paja a esos dos colosos y cayó al suelo desde el pedestal. De mil doscientos francos, las acciones bajaron a cuatrocientos, aunque intrínsecamente valieran seiscientos. Nucingen, que estaba al tanto de ese precio intrínseco, las volvió a comprar. La baronesita De Aldrigger vendió sus acciones de las minas, a las que no les sacaba nada, y Godefroid vendió las de su mujer por idéntico motivo. Y, además, la baronesa Beaudenord había cambiado sus acciones de minas por las acciones de la sociedad Claparon. Las deudas los obligaron a vender en lo más crítico de la baja. Por lo que representaban setecientos mil francos, sacaron doscientos treinta mil. Sanearon la situación y lo que les quedó lo invirtieron prudentemente en un tres por ciento a setenta y cinco francos. Godefroid, aquel muchacho feliz y sin preocupaciones que no tenía más que hacer que vivir a su aire, se encontró con la carga de una mujercita más tonta que una mata de habas, e incapaz de aguantar el infortunio, pues al cabo de seis meses ya se había dado cuenta de que el ser amado se había convertido en hortaliza y, además, él se había echado encima la carga de una suegra que no tenía para pan y soñaba con vestidos. Las dos familias se reunieron para poder subsistir. Godefroid se vio abocado a traer al retortero todos sus patrocinios, que ya se le habían quedado fríos, para conseguir un puesto de mil escudos en el Ministerio de Hacienda. ¿Los amigos? Tomando las aguas. ¿Los parientes? Asombrados, prometiendo: «¡Por supuesto, querido muchacho, cuenta conmigo!». Y un cuarto de hora después ya nadie se acordaba de él ni por asomo. Beaudenord consiguió el puesto merced a la influencia de Nucingen y de Vandenesse. Estas personas tan dignas de estima y tan desventuradas viven ahora en la calle de Mont-Thabor, en un tercero, encima de un entresuelo. La perla bisnieta de los Adolphus, Malvina, no tiene nada suyo y da clases de piano para no depender de su cuñado. Renegrida, alta, delgada, reseca, parece una momia que se hubiera escapado de un libro de Passalacqua y se recorre París a pie. En 1830, Beaudenord se quedó cesante y su mujer le dio su cuarto hijo. ¡Ocho señores para dos criados (Wirth y su mujer)! Dinero: ocho mil libras de renta. Las minas dan en la actualidad unos dividendos tan considerables que una acción de mil francos vale mil francos de renta. Rastignac y la señora de Nucingen compraron las acciones que vendieron Godefroid y la baronesa. La Revolución de julio hizo par de Francia y gran oficial de la Legión de Honor a Nucingen. Aunque, a partir de 1830 no hizo más liquidaciones, cuentan que tiene una fortuna de entre dieciséis y dieciocho millones. Sobre la base de las Ordenanzas de julio, vendió todos sus fondos y volvió a invertir atrevidamente cuando el tres por ciento estuvo en cuarenta y cinco francos, haciendo creer en Palacio que lo hacía por abnegación y, entretanto, de acuerdo con Du Tillet, se zampó tres millones del pícaro de Philippe Bridau. No hace mucho que, al pasar por la calle de Rivoli camino del Bosque de Boulogne, nuestro barón vislumbró bajo los soportales a la baronesa De Aldrigger. La viejecita llevaba una capota verde con forro rosa, un vestido de flores, una mantilla, en fin, que seguía siendo más que nunca una pastora de los Alpes, pues nunca entendió las causas de su desgracia como tampoco había entendido las causas de su opulencia. Iba del brazo de la pobre Malvina, modelo de heroica abnegación, parecía la anciana madre, mientras que la baronesa parecía la chica joven; y Wirth las seguía, paraguas en mano. «Ahí fan esas pegsonas —dijo el barón al señor Cointet, un ministro con el que andaba de paseo— a las que no pute haceg gicas. Ya pasó la boggasca de los pgincipios; fuelfa a dag una colocación a ese popge Peautenogd». Beaudenord volvió al Ministerio de Hacienda por mediación de Nucingen, a quien las De Aldrigger elogian como un héroe de la amistad, pues sigue invitando a los bailes que da a la pastorcilla de los Alpes y a sus hijas. Es imposible demostrarle a nadie en el mundo cómo ese hombre pretendió por tres veces, y sin forzar cerraduras, robar al público al que había enriquecido a pesar suyo. Nadie puede reprocharle nada. Quien dijera que la alta Banca es con frecuencia el puerto de arrebatacapas estaría cayendo en la más insigne de las calumnias. Si los efectos de comercio suben y bajan, si los valores crecen y van a menos, ese flujo y ese reflujo procede de una alteración atmosférica natural que tiene que ver con la influencia de la luna; y el gran Arago comete la falta de no aportar ninguna teoría científica en lo referido a este importante fenómeno. De todo esto sólo se desprende una verdad pecuniaria que nunca he visto escrita en parte alguna…

—¿Cuál es?

—El deudor es más fuerte que el acreedor.

—¡Ay! —dijo Blondet—. Pues yo veo en cuanto hemos dicho la paráfrasis de una frase de Montesquieu que es un concentrado de El espíritu de las leyes.

—¿Cuál? —dijo Finot.

—Las leyes son telarañas a través de las cuales se cuelan las moscas gordas y en las que se quedan las pequeñas.

—¿Adónde quieres llegar? —le preguntó Finot a Blondet.

—¡Al gobierno absoluto, el único en que pueden refrenarse las empresas del ingenio en contra de la ley! Sí, la arbitrariedad salva a los pueblos cuando acude a socorrer a la justicia, pues el derecho de gracia no tiene revés: el rey, que puede indultar a quien está en bancarrota fraudulenta, no devuelve nada a la víctima despojada. La legalidad mata a la sociedad moderna.

—¡Intenta hacérselo entender a los electores! —dijo Bixiou.

—Ya hay alguien que se encarga de ello.

—¿Quién?

—El tiempo. Como dijo el obispo de León, la libertad es antigua, pero la monarquía es eterna: cualquier nación de pensamiento sano volverá a ella bajo una u otra forma.

—¡Anda, había gente al lado! —dijo Finot al oírnos salir.

—Siempre hay gente al lado —contestó Bixiou, que debía de estar bebido.

París, noviembre de 1837

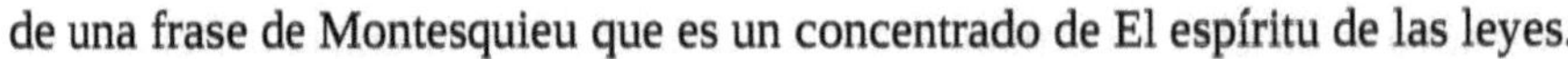